「じゃーん、ワタクシでした♪」
仮面を外して正体を現したのは、シャーロットだった。
!?

「美味しいですわ〜！」
シャーロット・ネイビー
侯爵令嬢。
【モンスターイーター】という
ギフトを授かったため
実家から追放されてしまい、
冒険の旅に出ることになる。
「探したッスよ、お嬢様〜!!」
マリー
シャーロットが
侯爵家にいたときの
専属メイド。
彼女を追って
やってきた。

「よろしくね、
シャーロット
お姉さん」
ユクシー・
サラーティ
獣人種の少女。
シャーロットとともに、
プラチナ昇格試験に
挑戦する。
アウゼス・
ローデンハイム
シャーロットとは幼馴染の、
王国第一王子。
王国騎士団を自ら率いる、
恐るべき戦闘力と
優しい心の持ち主。
「……僕はもっと強くなりたい。
あの人の隣に立つにふさわしいほどに」

夜が明けて、辺りに仄かな陽が差す。
昇り始めた太陽を背に、シャーロットが立っていた。

著 音速炒飯
イラスト 有都あらゆる
【パクパクですわ】追放されたお嬢様の
『モンスターを食べるほど強くなる』スキルは、1食で1レベルアップする前代未聞の
最強スキルでした。
3日で人類最強になりましたわ〜!

# Contents




◆イラスト／有都あらゆる　◆デザイン／高橋忠彦（KOMEWORKS）　◆編集／庄司智

# 第一章　ワタクシ、追放されましたわ

「ワタクシ、追放されてしまいましたわー！」

ワタクシの名前はシャーロット・ネイビー。15歳。

侯爵家の娘……だったのですが家を追放されて、森のなかにたった1人放り出されてしまいましたわ。

まずは何故《なぜ》ワタクシが追放されたのか、順を追って説明いたしますわ。

「15歳の誕生日おめでとう、シャーロット」

立派なあごひげを蓄えた男性。ワタクシのお父様が笑顔で祝福してくださいます。

「ありがとうございます、お父様」

この世界では、15歳になると〝ギフト〟という不思議な力を授かるのですわ。

〝ギフト〟の影響はとても大きく、〝ギフト〟によって人生は大きく変わりますわ。

しかし逆に、役に立たない〝ギフト〟を授かり、『役立たず』と言われて生まれ育った家を追い出される事もあるのだそう。

ワタクシとお父様が今いるのは、侯爵家の応接間。これからギフト鑑定士様を迎えて、ギフトの鑑定を行うのですわ。

「不安か、シャーロット?」

お父様が優しい声でたずねてこられますわ。ワタクシは頷《うなず》きます。

「ははは。心配することはない。騎士や憲兵など、戦うことを生業にしている者達《たち》にとっては確かにギフトは生命線だ。役に立たないギフトを授かれば追い出されることもあるだろう。だが我々貴族は、ギフトに頼らずとも生きていける。心配することはないさ」

と、仰《おっしゃ》っていたのに――

「シャーロット、お前は侯爵家に相応《ふさわ》しくない！　今すぐ出ていけ！」

ワタクシは追放を言い渡されてしまいましたわ。

お父様の嘘《うそ》つきー！

「なぜですの、お父様！」

「決まっているだろう！　お前が授かった【モンスターイーター】が『モンスターを美味《おい》しく食べられるようになる』という卑しい最低のギフトだからだ！　モンスターを食べるなど下品すぎる！　即刻出ていけ！」

こうしてワタクシは、侯爵家を追放されてしまったのですわ。

「さて、これからどうしましょう……」

持ち出せたのは、旅行用のケースに詰め込めるだけのお洋服とお小遣いだけ。ご飯を用意するための道具などはひとつも持っていませんの。お腹《なか》がすいたらどうしましょう……。

しかも悪いことに、屋敷《やしき》はお父様の意向で森の中に建てられています。近くにレストランなどはまったくありませんわ。

「確か、街は北の方にあったはずですわ。街に行けばレストランがあるはずですわ」

というわけで、ワタクシは街を目指して歩き始めましたわ。この森にはモンスターが出ると聞きますけれども、そんなに簡単に遭遇しないはずですわ♪

――5分後。

「モンスターが出ましたわー!?」

〝ぷよんっ〟

いくらモンスターだとか物騒なものに疎いワタクシでもこれくらいは存じていますわ。

スライム。半透明の粘液の塊のような小型モンスターですわ。

「きゃあああぁ！　食べられてしまいますわ！　早く逃げ――きゃん！」

慌てて足がもつれて転んでしまいましたわ。動けないワタクシに、ぷよん、ぷよんとスライムが近づいてきますの。

「ワタクシ、大ピンチですわー!?」

そんな時、ふと家庭教師の先生に教わったことを思い出しましたわ。

『どうしても自分の身を自分で守らなくてはならなくなったとき。この魔法を使いなさい』

「ええと、なんでしたっけ……プチ……プチ……そう、〝プチアイス〟ですわ！」

ワタクシの手のひらから小さな氷の塊が飛び出して、ふらふらしながらスライムさんに当たりますわ。

〝ぷきゅん！〟

可愛《かわい》らしい声を上げて、スライムさんが弾《はじ》けて消えますわ。

「ワタクシ、スライムさんに勝てましたの……？」

ワタクシはハンカチで額の汗を拭いますわ。

「怖かったですわ。もう二度とモンスターなんかと戦いたくないですわ！　……あら？」

スライムさんがいた場所に、何かが落ちていますわ。これは――

「シャーベットですわー⁉」

スライムさんを魔法で倒したら。

何故かスライムさんがいた場所に、小さなカップに載ったシャーベットがありましたわ。しかもスプーン付き。

「もしかして、ワタクシのギフトの『モンスターを美味しく食べられるようになる』って『倒したモンスターが美味しい料理になる』という意味でしたの⁉」

これは予想外ですわー！

「しかしいくら調理済シャーベットになったとはいえ、モンスターを食べるなんてはしたないこと……」

〝ぐうううぅ～〟

お腹がすきましたわ。

それにしてもこのシャーベット、なんて美味しそうなんでしょう。

なんて、なんて美味しそうなんでしょう……！

……。

…………。

ぱくり。

誘惑に勝てず、ワタクシはシャーベットを口に運んでしまいましたわ。

その瞬間。

思わず叫んでしまうほどの美味しさが、体中を駆け抜けていきましたの。

「美味しいですわー!?」

ヒンヤリと冷たくて。

シャリっと心地よい食感で。

程よい上品な甘さで。

とっっっっても美味しいですわ！

パクパクですわ!!

あっという間に、カップは空《から》になってしまいましたわ。

こんなにせかせかと食事を口に運んだのは初めてですわ。きっと、お父様が見ていたらはしたないと怒られたことでしょう。

でも、美味しかったのだから仕方ないのですわ〜！

『モンスターを食べたことによりレベルが上がりました』
『スライム捕食ボーナス。防御力が5上昇しました』

　何かしら。へんな耳鳴りがいたしますわ。ワタクシ、シャーベットが美味しすぎて頭がどうかしてしまったのでしょうか？

「ああ、もっと食べたかったですわ……」

　用が済んだとばかりにカップとスプーンも消えてしまいましたわ。

　しょんぼりするワタクシの視界の隅で、何かが動きましたわ。

「スライムさんですわー！」

　さっきまで怖くて仕方なかったスライムさんが、今は美味しそうに見えてしかたありませんの。

　そういえばワタクシ、もう一つだけ魔法を習ったのですわ。

「火属性魔法〝プチファイア〟ですわ！」

　今度は小さな火の塊が飛び出して、スライムさんに命中。

〝ぷきゅん！〟

　倒しましたわ！

　ですが……。

「あれ、シャーベットが出てきませんわ？」

　落ちているのは、スライムさんと同じ小さな水色の結晶のようなものだけ。これはさっきのスライムさんの時にも落ちていましたわ。

「うぅ、折角スライムさんを倒したのにこんなのあんまりですわ。ワタクシの、ワタクシのシャーベットはどこですの……？」

ワタクシは必死に探しますが、シャーベットは見つかりませんわ。

でも代わりに……

「スライムさんの群れですわ～！」

森のあちらこちらに、スライム、スライム、スライム。夢のような光景ですわ！

「お父様、ごめんなさい。ワタクシは、はしたない子になってしまいましたわ……！」

ワタクシは口から涎《よだれ》があふれそうになるのをこらえながら、ふらふらとスライムに近づいていきましたわ。

――そして、狩りつくしましたわ。

スライムさん達を倒す中で、ワタクシひとつ気づいたことがありますの。

それは、〝プチアイス〟の魔法でスライムさんを倒した時だけ、シャーベットが現れるということですわ。

「もしかして、モンスターの調理方法に適した魔法で倒さないとお料理にならないのかしら……？」

という訳で。

ワタクシの目の前には、ズラッとシャーベットが並んでいますの！

「頂きますわー！」

『モンスターを食べたことによりレベルが上がりました』
『スライム捕食ボーナス。防御力が５上昇しました』
『モンスターを食べたことによりレベルが上がりました』
『スライム捕食ボーナス。防御力が５上昇しました』
『モンスターを食べたことによりレベルが上がりました』
『スライム捕食ボーナス。防御力が５上昇しました』

---

現時点でのシャーロットのステータス
シャーロット・ネイビー　ＬＶ22
◇◇◇パラメータ◇◇◇
○ＨＰ：25／25　○ＭＰ：39／39
○筋力：20　○魔力：32
○防御力：25（＋ボーナス１０５）　○敏捷《びんしょう》：17
◇◇◇使用可能魔法◇◇◇
○プチファイア　○プチアイス

---

「もう食べられませんわー！」

20体程でしょうか。辺りにいたスライムさん達を食べつくして、ワタクシ大満足ですわ！

相変わらずスライムさんを食べるたびにへんな耳鳴りがしますけど。

「〝レベル〟や〝ボウギョリョク〟って一体なんですのー⁉」

意味がわからなくて怖いですわ。

ワタクシが首をかしげていると、後ろからなにか唸《うな》り声が聞こえてきますわ。

「お、狼《おおかみ》さん……？」

ワタクシよりもずっと大きな狼モンスターが、涎を垂らしてこっちを見ていますわ。

「きゃあああああ！」

『ガルルルゥ！』

狼さんが、ワタクシの腕に噛《か》みつきますわ。でも――

〝ガキンッ！〟

ワタクシのお肌には、何故か傷ひとつ付きませんわ。甘噛《あまが》みしている、という様子でもありませんわね……？

「このモンスターさん、もしかして顎の力が弱いんですの？」

だとしたら、とっても見かけ倒しですわ。

見た目はとっても強そうですけども。この程度の顎の力では、少し硬めのパンさえ食べられませんわよ？

その時、ワタクシの頭の中にひとつ悪い考えが浮かびましたの。

「狼モンスターさんって、食べたら美味しいのかしら……？」

ワタクシ、ずっと腕に噛みついてくるモンスターさんを見ているうちにそんな悪いことを思いついてしまいましたわ。

「〝プチファイア〟ですわ！」

『狼さんのお肉は、スライムさんのシャーベットより美味しいかも知れませんわ』という考えが頭をよぎった瞬間、身体《からだ》が勝手に動いていましたわ。

「それにしてもワタクシの〝プチファイア〟、さっきから段々大きくなっているような……？」

ワタクシのそんなささやかな疑問は、炎の中から現れたお肉を目にした瞬間に消し飛びましたわ。

「Tボーンステーキですわー！」

ワタクシさっき、『シャーベットでお腹いっぱいですわ。もう食べられませんわ』と申しましたかしら？

嘘ですわ！

お肉の美味しそうな匂いを嗅いだら、食欲がとめどなくあふれてきますわ〜！

「いただきますわ！」

お肉を急いで切り分けて口に運ぶと――。

「〜〜〜〜!!」

さっきのスライムさんが〝思わず叫んでしまうほど美味しい〟なら、今度は〝声も出ないほど美味しい〟ですわ！

侯爵家にいたころに食べた、敏腕シェフの作ったサーロインステーキよりもジューシーで、それでいて脂っこすぎないですわ！

パクパクですわ！

『モンスターを食べたことによりレベルが上がりました』

『ドレッドウルフ捕食ボーナス。常時発動スキル〝索敵〟を修得しました』

今度の耳鳴りでは新しく〝サクテキ〟という言葉が出てきましたわ。なんですのこれ～!?

「……あら？　なんでしょう、モンスターの足音というか、気配がわかりますわ」

数十メートルほど先でしょうか？　夕方になって薄暗い森の中を、いくつかの気配が動き回っているのが分かりますわ。

「ワタクシ、耳が良くなったのかしら？　美味しいお肉の力って凄《すご》いですわ～」

動き方からして、きっとさっきの狼さんですわ。

「でも今日はシャーベットを沢山とステーキを食べましたから、もうこれ以上は食べられ……食べられ……あとステーキ1皿だけにしておきますわ！」

結局5皿食べましたわ。

美味しすぎて歯止めが利きませんでしたわ～！

気付いたのですが、モンスターのお肉は、いくら食べても限界が来ないようですの。満足感はあるのですが、いくらでも食べられてしまいますわ。

これもギフト【モンスターイーター】の力なのでしょうか、不思議ですわ～。

『モンスターを食べたことによりレベルが上がりました』

『ドレッドウルフ捕食ボーナス。常時発動スキル〝索敵〟が〝索敵ＬＶ２〟に進化しました』

『モンスターを食べたことによりレベルが上がりました』

『ドレッドウルフ捕食ボーナス。常時発動スキル〝索敵ＬＶ２〟が〝索敵ＬＶ３〟に――』

…………

…………

……

『モンスターを食べたことによりレベルが上がりました』

『ドレッドウルフ捕食ボーナス。常時発動スキル〝索敵ＬＶ５〟が〝索敵ＬＶ６〟に進化しました』

ちなみに一度だけ、試しに〝プチアイス〟を使って狼さんを倒したのですが、何も料理は現れませんでしたわ。

お肉を凍らせて作る料理なんて、ありませんものね……。

悲しかったですわ。

しょんぼりですわ……。

シャーロット・ネイビー　ＬＶ28

◇◇◇パラメータ◇◇◇

○HP：30／30　○MP：47／47

○筋力：24　○魔力：38

○防御力：31（＋ボーナス105）　○敏捷：20

◇◇◇スキル◇◇◇

○索敵LV6【New!!】

　半径1キロのモンスターの位置を把握可能

◇◇◇使用可能魔法◇◇◇

○プチファイア　○プチアイス

---

「あら？　何か変わったモンスターの気配がしますわ」

　狼さんのお肉を食べているうちに、ワタクシどんどん耳が良くなりましたの。いままでは1キロ離れていてもモンスターの気配が分かるようになりましたわ。

　スライムさんよりも狼さんよりも濃い気配。それにスライムさんや狼さんと違って、その気配は一切動こうとしませんの。

「どうしましょう……」

　新しいモンスターさんを食べてみたい気持ちはありますわ。

でも、今日はもう沢山モンスターさんを食べたのでこれ以上は食べ過ぎですし……。

…………

………

……

よし。

ワタクシ決めましたわ。

「見に行くだけにしましょう、見に行くだけ」

どんなモンスターさんなのか、気になったから見に行くだけですわ。

決して食べに行くわけではありませんわ。

「この辺りのはずなのですけれど……」

ワタクシは歩いて不思議な気配のする方へとやって来ましたわ。でも、周りには木があるばかりでモンスターさんらしきものは全く見当たりませんの。

「むむむ……」

ワタクシは集中して、気配を探りますわ。

「これは、下かしら……？」

なんだか、足元の方に気配がある気がしますわ。

地面に潜っているモンスターさんかしら？

それとも……？

ワタクシは、少し思い当たることがあって辺りを歩いて探し始めますわ。

「ありましたわー！」

ワタクシ、洞窟を見つけましたわ！

しかも予想通り、穴はドンドンと下の方へ向かっていますわ。

「思った通りですわー♪」

予感的中ですわ。

近くにあった木の棒に〝プチファイア〟で火をつけて、松明《たいまつ》にしますわ。

「それでは冒険に出発ですわ～」

ワタクシは、洞窟の中へと足を踏み入れますわ。

道中には、モンスターさんは全然いらっしゃらなくて。

そして洞窟の一番奥には……

「宝箱ですわ～！」

装飾品がついた、頑丈そうな木の箱。これはどこからどう見ても宝箱ですわ。

何故かこの箱からモンスターの気配がするのですけども。

不思議ですわ～。

「何が入っているか、ワクワクしますわ♪　食べ物は期待できませんけど……。中身は金銀財宝かしら？　ドレスかしら？　ヘアアクセサリーも欲しいですわ～♪」

ワタクシが期待に胸を躍らせて、宝箱の蓋を開けると――

〝キシャアアァ‼〟

宝箱が襲い掛かって来ましたわ！

宝箱が！　襲い掛かって来ましたわ！

「キャアアアアァ‼　なんですのこれええええ‼」

宝箱の蓋が顎のように閉じて、噛みついて来ますわ！

怖いですわ！

ワタクシは一目散に逃げ出しましたわ。ですが――

〝キシャアアアアアアアアアアアアァ‼〟

「宝箱が追いかけて来ますわああああ⁉」

宝箱がぴょんぴょん飛び跳ねながら、ワタクシを追いかけて来ますわ。

これだけ聞くとかわいらしく思えますでしょう？

実物は怖いですわ！

もうとっっっっても怖いですわ‼

「なんですのこれなんですのこれなんですのこれえええええぇ⁉」

ワタクシは悲鳴を上げながら必死に洞窟を走って逃げます。しかし――

「きゃん！」

転んでしまいましたわ。

さっきスライムに襲われた時と同じく、また転んでしまいましたわ。

宝箱が、ワタクシめがけて襲い掛かって来ますわ。

「来ないでくださいまし来ないでくださいましー！　ええい、こうなったら魔法で迎え撃ちますわ！　ええと、ええとプチ――〝プチファイア！〟ですわ！」

なんとかギリギリ魔法が間に合って、火の塊が宝箱に直撃しますわ！

〝キシャアアアァ⁉〟

宝箱が炎に包まれて、動かなくなりますわ。

「あぁ、怖かったですわ……！」

ワタクシ決めましたわ。

もう二度と宝箱には近づきませんわ！

「……あら、何かしらこの香り？」

洞窟の中に、香ばしい匂いが漂いますわ。

そして炎の中から、何と料理が出てきましたわ。

「宝箱って食べられるんですのー⁉」

不思議ですわ〜。

大きなお皿の上に載っているのは、白くて平べったい何かのバターソテー。

この香り、何かの食べ物に似ているような……？

「思い出しましたわ！　貝柱ですわ！」

さっきの動く宝箱は、貝殻の代わりに木の箱に入っていた貝だったのですわ。

そう考えたら、変な生き物ですけど納得はできますわ……。

ギリギリですけども。

「さてこの貝のソテー、どうしたものかしら……」

ワタクシ先ほど、今日はもうモンスターを食べないと決めましたわ。

ですが、それはあくまでさっきまでの話。

今のワタクシは、走ってカロリーを消費してしまったのですわ。

なので――

「頂きますわ～！」

パクリ。

ワタクシは切り分けた貝のソテーを口に運びますわ。

「美味しいですわー！」

フィレ肉にも負けない濃厚なうまみが口の中で広がりますわ！

バターの香りが鼻から飛び込んできて更に食欲を掻《か》き立《た》てますわ！

もう手が止まりませんわ！

パクパクですわ！

「満足ですわ～！」

一日を締めくくるに相応しい、とっても美味しい貝のソテーでしたわ～。

『モンスターを食べたことによりレベルが上がりました』

『レアモンスター〝ミミック〟捕食ボーナス。自動発動レアスキル〝オートカウンター〟を修得しました』

そして相変わらず変な耳鳴りがしますわ。

新しく〝レアスキル〟なんて言葉も登場なさいましたわ〜。

訳が分かりませんわー！

---

シャーロット・ネイビー　LV29

◇◇◇パラメータ◇◇◇

○HP：31／31　○MP：48／48

○筋力：25　○魔力：39

○防御力：32（＋ボーナス105）　○敏捷：21

◇◇◇スキル◇◇◇

○索敵LV6

○オートカウンター（レア）【New!!】

物理攻撃を受けたとき、威力を増幅して反撃を行う

◇◇◇使用可能魔法◇◇◇

○プチファイア　○プチアイス

---

その日ワタクシは、丁度いい大きさの木のウロで寝ましたわ。

森の中で眠るなんて初めてのことでしたけど、思っていたよりずっと快適でしたわ。

そして……。

「街ですわー！」

翌日。

ワタクシは遂《つい》に、街に到着したのですわ。

これでフカフカのベッドで眠れますわ。

それに何より。

「サンドイッチが食べられますわー！」

ワタクシの好物、それはサンドイッチ。森でどんなモンスターを倒しても、パンが入った料理が出てくることはありませんでしたわ。

いくら美味しいお肉やシャーベットを食べても、サンドイッチを食べたい欲は満たされることは無いのですわ。

食欲とサンドイッチ欲は別物ですわ！

「サ、サ、サ、サンドイッチ～♪」

鼻歌を口ずさみながら街のレストランを探しますの。

そして、ワタクシのサンドイッチ欲をビビッと刺激するレストランを見つけましたわ。

「〝冒険者ギルド〟……？　変わった名前のレストランですわね……？」

少し名前が気になりましたけれども、開いたドアから中を覗《のぞ》くとテーブルで食事をしている人がいらっしゃるのでレストランで間違いありませんわ。サンドイッチを食べている方もいらっしゃいますし。

そしてワタクシ、サンドイッチを注文しましたわ。屋敷を追い出された時、貯金を持ち出しておいてよかったですわ。

「このレストランのサンドイッチ、絶品ですわ〜！」

パクパクですわ。

それにしてもこのお店、やけに剣や弓で武装した方が多いですわ。物騒ですわ。

そんなことはさておいて。

実はワタクシ、庶民のレストランに来たら一度やってみたかったことがあるのですわ。

ワタクシはカウンターにいる、かわいらしい制服の女性ウェイトレスさんにこう言いましたわ。

「ここのお店、カードは作れますかしら？」

庶民のお店には、〝ポイントカード〟という仕組みがあると、メイドから聞いたことがありますの。

なんでも、お店に通うたびにカードにポイントが貯《た》まるらしいのですわ。

ポイントが貯まると、カードの見た目が綺麗《きれい》になったり隠しメニューが注文できるようになる特典があるらしいのですわ。

一度作ってみたかったのですわ！

「カード……ああ、冒険者カードの作成ですね。では、こちらの紙に必要事項をご記入ください」

手続きを済ませると、銅色のカードを貰《もら》いましたわ。

「これが憧れの（ポイント）カード！　これが段々ランクアップしていくのね。楽しみですわー！」

「はい。モンスターを討伐した証明となる素材を持ってきていただければ、（冒険者）カードがランクアップします」

モンスターの素材を持ち込むとランクアップ……？　変わったレストランですわ。

「それって、こういうものですの？」

ワタクシは、これまで倒したモンスターの素材をカバンから出しますわ。

スライムさんを倒した時にシャーベットと一緒に落ちていた小さな半透明の結晶。狼さんの爪。そして、宝箱に入っていた貝を倒したときに拾った、宝箱の蝶番《ちょうつがい》。それをどっさりとカウンターの上に出しますの。

「ええ⁉　こんなに沢山モンスターを倒したんですか⁉」

ウェイトレスさん、大分驚いてらっしゃいますわ。

「ええ。街の西側の森で倒しましたわ」

「登録してすぐの方がこれほど沢山の素材を持ち込んだケースはこれまでにありませんね……。失礼ながら、本当にシャーロットさんがご自身で討伐したモンスターの素材でしょうか？　確認のため、『ステータスオープン』と唱えて、ステータス画面を見せていただいてもよろしいでしょうか？」

「こうかしら？　〝ステータスオープン〟」

　すると、ワタクシの前に半透明の画面が浮かび上がりますわ。

　ＬＶとかＭＰとか防御力とか……なんだかよくわからない数字ばかり並んでいますわ。

「レ、レベルにじゅ――!?　こほん、失礼しました。人のレベルを言いふらすのはマナー違反ですね。驚きのあまりつい口に出てしまいました、申し訳ありません」

　受付のウェイトレスさんがなにやら動揺してらっしゃいますわ。

「この〝レベル〟という数字は、一体なんですの？」

「むむ。難しいことをお聞きになりますね。レベルとは……冒険者にとってのアイデンティティ、積み上げて来た実績の象徴、とでもいうべきでしょうか？」

　よくわかりませんわー！

　一体なんですのこの数字ー！

「さて、話が逸《そ》れてしまいましたが。シャーロットさん自身がモンスターを討伐できたという確認は出来たと思います。疑ってしまい、申し訳ありませんでした」

　ウェイトレスさんがモンスターさんの素材を数えていきます。

「スライムの結晶が21個にドレッドウルフの牙が６個と……この金具のような素材はなんですか？」

「ああ、それは宝箱のような見た目をした貝のモンスターさんの素材ですわ」

「宝箱のような見た目……ミミックですか⁉　ミミックはこの辺りの地域に生息が報告されていないレアモンスターです！　一体どうやって見つけたのですか⁉」

「ワタクシ、とっても耳が良くて離れていてもモンスターさんの気配を感じ取れますの。モンスターさんの気配を追って洞窟に入って行ったら、何と宝箱を見つけましたの。ですけれど、実はモンスターさんが宝箱に擬態していたのですわ。ワタクシ、騙《だま》されてしまいましたわ」

「ほうほう。洞窟の外からでもモンスターを探知するとは、どうやらシャーロットさんはとても優れた索敵系のギフトをお持ちのようですね」

　話しながら、ウェイトレスさんが手元で何か紙に書きながら計算していますわ。

「……さて、先ほど頂いたモンスターの討伐証明素材で、シャーロットさんのカードはシルバーにランクアップしました。登録初日にランクアップだなんて前代未聞です。おめでとうございます」

　ウェイトレスさんが、カウンターから銀色のカードを取り出してくれますわ。

「まぁ、ピカピカで綺麗ですわー！」

「この上には、更にゴールド・プラチナ・パール・ダイヤランクが存在します」

　そう言ってウェイトレスさんがカードを見せてくれます。

　まぁ！　まぁ！　まぁ！

「とても綺麗ですわ！　特にワタクシその〝ダイヤランク〟のカードが気に入りましたわ！」

「シャーロットさんならすぐにダイヤランクに上がれますよ。……いえ本当に。お世辞でもなんでもなく。すぐに上がれると思います」

「ふふふ。ありがとうございますわ。キラキラのカードを手に入れるのが楽しみですわー！」

　こうして〝ポイントカード〟を手に入れたワタクシは、ウキウキの気分でレストランを去ろうとしたのですが……。

「オイオイお嬢ちゃん、ズルはいけねぇなあ」

　にやにやと下品な笑みを浮かべた殿方が声をかけてきますわ。

「お嬢ちゃん、いい洋服着てさぞかしお金持ちみてぇだなあ？　どうせそのモンスターの素材だって金の力で買い集めたものなんだろ？」

「違いますわ。ワタクシが自分で倒したモンスターの素材ですわ。受付の方にも、それはちゃんと確認していただきましたわ」

「どうだかな。受付の嬢ちゃんにワイロでもコッソリ渡したんじゃねぇのかよ？　安い給料の受付嬢なんて、金貨でも握らせればなんでも言うこと聞いてくれるだろうからよ」

　まぁ、失礼な方ですわ。ウェイトレスさんに謝ってほしいですわ。

「金でカードのランクを上げようなんて不届き者にはお仕置きが必要だな。今すぐ財布の中身と着てるモン全部おいていけば、見逃してやるよ」

　そう言って、殿方は腕まくりして拳を握ります。

「オレ様はこの冒険者ギルド最強の男。レベルはなんと、〝8〟だ。お嬢ちゃんみたいな素人との間には、圧倒的な実力差があるんだよ」

　だからその〝レベル〟という数字は一体なんですのー⁉

「思い知らせてやるぜ、〝圧倒的な実力差〟を！」

そういって殿方は拳を振りかぶって――

ワタクシに向かって殴り掛かって――

『自動迎撃スキル〝オートカウンター〟が発動します』

吹っ飛びなさいましたわ。

「ぽぎゃあああああああああああああああああ――――!!」

なんだか愉快な悲鳴を上げて、吹っ飛んで行ったのですわ。

開いていたドアから外へ飛び出し、大通りを突っ切って、広場の噴水に激突しましたわ。

そしてそのままぐったりしていますわ。気絶していらっしゃるのかしら？

「なんだったのかしら、あの方……」

一方的に因縁を付けて一方的に殴りかかってきてその上勝手に吹っ飛んでいくだなんて、不思議な方ですわ。

怖かったですわ～。

それにさっき〝オートカウンター〟というへんな耳鳴りもしましたの。

ワタクシ、もう疲れてしまいましたわ。

「シャーロットさん、お疲れ様です。あの男、腕だけは立つのですが迷惑行為ばかり繰り返していてギルドでも手を焼いていたのです。ですが、シャーロットさんにかかればイチコロですね」

そういって、さっきのウェイトレスさんが笑顔で話しかけてきて、親指をグッと立てなさいます。

……もしかして、ワタクシがさっきの殿方を吹っ飛ばしたことになっていますの？

濡《ぬ》れ衣《ぎぬ》ですわー！

「あの、ワタクシは何もしていなくて――」

「ふふ。何もしていないだなんて、とんだ御謙遜を。ところで、クエストは受注されますか？」

「クエ、スト……？」

なんでしょうクエストって？

また初めて聞く言葉が出てきましたわー！

「クエストとは、モンスターの討伐依頼です。クエストを受注してから指定されたモンスターを討伐すると、報酬を貰うことができます。モンスターを倒した後でクエストを受注しても報酬は貰えないので、ご注意ください」

モンスターを倒すと報酬が受け取れるだなんて、変わったレストランですわね。

報酬って、何が貰えるのでしょう？　レストランの値引き券かしら？

面白そうなシステムですわ。でも……。

「ごめんなさい。クエストは受けませんわ」

「クエストを、受注しないですって……!?」

ウェイトレスさんが、信じられないといった顔でワタクシを見ますの。ワタクシ、そんな変なことを言いましたかしら……？

「だってワタクシ、倒すモンスターは自分で決めたいのですわ。誰かに倒すモンスターを決められるなんて、イヤですわ」

実はワタクシ、ワガママな性格ですの。

「し、しかしそれでは報酬が……」

その時、血相を変えて一人の殿方が駆け込んできましたわ。

「――大変だ！　街の北の畑に〝グランドボア〟が出たぞ！」

「「「なんだって⁉」」」

レストランの中は騒然としますわ。

「ウェイトレスさん、〝グランドボア〟とは何ですの？」

「超大型のイノシシモンスターです。肉は美味しいのですが、とにかく強くて手が付けられません。街中の冒険者が束になって掛かっても勝てるかわからないほどです。大食いで、畑を荒らし回って街の食糧危機を引き起こす、災害のような存在です」

今、お肉が美味しいと仰いました……⁉

決めましたわ。

ワタクシ、そのグランドボアというモンスターを食べますわ！

――お肉というのは、肉食動物より草食動物のほうが美味しいと相場が決まっていますわ。

狼のお肉でさえ、ワタクシのギフトであんなに美味しくなったのですもの。元々美味しいと噂《うわさ》のグランドボアのお肉がどれほど美味しくなるか、想像するだけで涎が止まりませんわ～！

他にも食糧危機がどうとか街中の冒険者がなんとか言っていた気がしますけど、忘れましたわ。

ワタクシ今、イノシシの美味しいお肉のことしか考えられませんわ～！

「ねぇ受付のあなた。〝街の北の畑〟というのはどちらにいけばいいのかしら？」

「北の畑は、こちらになります」

受付のウェイトレスさんが、地図に印を付けて渡してくださいます。

「ではワタクシ、行ってまいりますわ」

「待ってくださいシャーロットさん、クエストは――」

「クエストが発行されるのなんて待っていられませんわ～！」

誰かに先を越されたら大変ですもの。

美味しいお肉を頂くのはワタクシですわ！

ワタクシは急いで畑へ向かいましたわ。


「まぁ、大きなイノシシですわ」

北の畑についたワタクシ、びっくり仰天してしまいましたわ。

庶民の皆様の家まるごと2つ分程の大きさでしょうか。とにかく大きいですわー！

「どうしましょう、こんなに大きなイノシシだと思っていませんでしたわ……」

こんなに大きかったら――

こんなに大きかったら―――

「1人では食べきれませんわー！」

正直に白状いたしますわ。

ワタクシ今、グランドボアさんの事が大きなステーキにしか見えていませんの。

『ブフーッ！』

グランドボアさんが鼻息を荒くして威嚇なさいますわ。

でも全然怖くありませんわ。

宝箱に追いかけられたときの方が、ずっと怖かったですわ。

あの時は本当に怖かったですわ！

こほん。

その話はさておきまして。

あんな大きなイノシシとワタクシ、体格差がありすぎですわ。

でも大丈夫ですわ。ワタクシ、あのイノシシさんに勝つための作戦をちゃんと用意していますの。

これまでの森での暮らしで、モンスターに共通の弱点があることを見つけましたわ。

それは、『魔法に当たると死んでしまう』ですわ。

これまで何度もスライムさんや狼さんに魔法を当てて試したから、間違いありませんわ。

これはきっと、どんなに大きいモンスターでも同じですわ。

つまり、攻撃を受けるより先にワタクシが魔法を当てれば勝ちなのですわ！

先手必勝ですわ！

『ブモオオオオォ！』
やられましたわ。
先を越されましたわ。
ワタクシが魔法発動の構えに入る前に、グランドボアさんが突進してきましたわ。
土煙を上げて猛然とワタクシに突っ込んで来て――
『自動迎撃スキル〝オートカウンター〟が発動します』
吹っ飛びましたわ。
『ブモオオオオオオオォ⁉』
悲鳴のような声を上げながら、飛んでいきましたわ。
「またですのー⁉」
相手が勝手に吹っ飛んでいくの、これで本日2回目ですわ！
本当になんですのこれ⁉
じゃれて遊んでらっしゃいますの⁉
『ブフゥ……』
とはいえ。
グランドボアさんがぐったりしていますわ。
なんだか知りませんがチャンスですわ。
「〝プチファイア〟ですわ！」

　飛び出した牛1頭ほどの大きさの炎の塊（前より大きくなっているような気がしますわ？　不思議ですわ）が、グランドボアに命中しますわ。

『ブモオオオオオオオオオオオオオオオォ!!』

　グランドボアさんが断末魔を上げて、地面に倒れますわ。思った通り、こんなに大きなモンスターさんでも魔法に当たると死んでしまうのですわ。

「魔法って便利ですわ～！」

　そして〝ボンッ〟という音を立ててグランドボアがステーキに変身しますわ。

　馬車が丸ごと1台載りそうなくらい大きなお皿。その上に、山盛りのステーキがドーン！　と載っていますわ。

　最高の眺めですわ！

「でもどうしましょう。こんなに沢山のお肉、ワタクシだけでは食べきれませんわ……」

　今は周りに誰もいませんわ。

　後から他の方が来たら、分けて差し上げましょう。独り占めは良くないですから。それに、美味しいものは皆で分け合ったほうが美味しくなりますわ。

　と、思っていたのですが――

「完食ですわ」

　あんなに沢山あったお肉。

　全部！　食べてしまいましたわ！

先程ワタクシ、『美味しいものは皆で分け合ったほうが美味しくなる』と申し上げましたかしら？

嘘ですわ！

美味しいものは分け合うより全部自分で食べたほうが美味しいに決まっていますわ〜〜！

パクパクですわ！

ワタクシの身体よりもずっと大きなあれだけのお肉がどうしてワタクシの胃袋に収まっているのか不思議ですけれど、これもきっとギフト【モンスターイーター】のおかげですわ。

「ワタクシ大満足ですわ〜！」

『ボスクラスモンスターを食べたことによりレベルが5上がりました』

『グランドボア捕食ボーナス。レアスキル〝無限アイテムボックス〟を修得しました』

ワタクシの手元で、急に空中にぽっかりと〝穴〟が空きましたわ。

「まぁ。なんですの、これ？」

ワタクシが意思をこめると、穴が広がったり閉じたりしますわ。

穴の中に手を入れると、中に空間が広がっていますわ。

「もしかして、この穴に荷物を入れておいたらとても楽に運べるのではないかしら？」

「この穴、とても便利ですわ〜！」

ワタクシってば賢いですわ。

淑女はみんな、同じ悩みを抱えているのですわ。

「オシャレなデザインのバッグは、どれも小さすぎるのですわー!!」

淑女たるもの、大きな荷物を自分で持ち運ぶなかれ。そんな風潮があるので、淑女向けバッグはどれもとても小さいのですわ。

ハンカチとお財布くらいしか入りませんの。

でもこの不思議な穴があれば、暇潰しの本も何冊でも運べますわ。お腹が空いたとき用のパンも持ち運び放題ですわ～！

---

シャーロット・ネイビー　ＬＶ34
◇◇◇パラメータ◇◇◇
○ＨＰ：35／35　○ＭＰ：55／55
○筋力：28　○魔力：45
○防御力：36（＋ボーナス105）　○敏捷：24
◇◇◇スキル◇◇◇
○素敵ＬＶ6　○オートカウンター（レア）
○無限アイテムボックス（レア）【Ｎｅｗ‼】
　異次元につながる穴を作り無限にアイテムを格納できる
◇◇◇使用可能魔法◇◇◇
○プチファイア　○プチアイス

「というわけでワタクシ、グランドボアを倒してきましたわー！」

夕方。

ワタクシは大満足でレストランに戻って来ましたわ。

「はい、グランドボアの牙ですわ。これをお渡しすれば、カードはランクアップできますかしら？」

ワタクシは、例の不思議な穴からグランドボアの牙を取り出して、受付のウェイトレスさんに渡しますわ。

「え、今どこから牙を取り出しました？」

「この不思議な穴ですわ～」

ワタクシは穴を広げてみせますわ。

「そ、それは所有者が１人いるだけでポーション類を大量に持ち込めるようになってダンジョン攻略難易度が大きく変わるという超有用スキル〝アイテムボックス〟では……？」

「まぁ、この不思議な穴はそんなお名前をしてらっしゃいますの？」

この穴があればかさばるお化粧道具も楽々持ち運びできますわ～。

「グランドボアをお１人で討伐したということは、ポイントが頭割りされずシャーロットさんに全て付与されるので……ええと、ゴールドカードにランクアップします」

受付のウェイトレスさんが綺麗に光るカードを出してくださいましたわ。

「まぁ、綺麗ですわ～。これまでのカードの光り方も好きでしたけど、ワタクシこちらの方が好みですわ」

「ふふふ。そう言っていただけると嬉《うれ》しいです」

「でもね。ワタクシ一番好きなのは一番上のダイヤランクのカードですわ。早くダイヤランクのカードになってみたいですわ～」

「シャーロットさんならすぐになれますよ。ええ本当に。その気になれば来週にでも」


シャーロットが己の強さに気付かずグランドボアを一撃で仕留めたその日の夜。

冒険者ギルドは、シャーロットの話題で大いに盛り上がっていた。

「そしてこれがその時にシャーロットさんが持ち込んだモンスターの素材です。ドーン！」

レストラン受付のウェイトレス……と勘違いされている冒険者ギルドの受付嬢が、シャーロットが初めて冒険者ギルドに持ち込んだスライムとドレッドウルフとミミックの素材が詰まった箱をテーブルの上に載せる。

途端にテーブルを囲んでいた冒険者たちが盛り上がる。

「すげぇ、シャーロットさん、こんなに沢山モンスターを狩ってたのかよ！」

「近頃モンスターの襲撃が減ったと思ってたけどシャーロットさんのおかげだったんだな！」

「凄い人と同じ街に居合わせてしまった……。神よ、この幸運に感謝します！」

　受付嬢は更に熱量を上げながら語り続ける。

「冒険者登録をしたシャーロットさん。そのとき、当冒険者ギルド問題児、エリックさんが因縁を付けて絡んでいきます。シャーロットさんは殴りかかられたのですが、一瞥《いちべつ》もせず一瞬でエリックさんを吹き飛ばします！　私は一番近くで見ていましたが、シャーロットさんがどう反撃したのかさえ全く分かりませんでした！」

「おいおい受付嬢ちゃん、それはちょっと話を盛り過ぎだぜ！　わっはっは！」

「いや、受付嬢ちゃんは全く話を盛ってなんかいねぇぜ」

　そう言って現れたのは、シャーロットに因縁を付けて殴りかかった男、エリックだった。

「シャーロットさんに殴りかかった次の瞬間、俺は吹っ飛ばされていた。本当に何が起きたかわからねぇよ。……俺はこれまで、〝レベル8〟って自分の強さに溺れていたんだ。だが、あの人に教えられたよ。俺の強さなんてのは、取るに足らないちっぽけなものだってな。これからは、心を入れ替えて真面目に生きていくさ」

　そう語る男は、とても澄んだ目をしていた。

　受付嬢が再び熱っぽく語り出す。

「まだまだシャーロットさんの武勇伝はこんなものではありません！　冒険者登録を終えたシャーロットさんと話しているとき。誰かがグランドボアの出現情報を叫びました。その時、それまで優雅に微笑《ほほえ》んでいたシャーロットさんの表情が変わりました」

　冒険者達全員は固唾を呑《の》んで受付嬢の話を聞く。

「あの時のシャーロットさんは、とても真剣そうな顔をしていました。そして、クエストも受注せずにグランドボアのいる北の畑に走り出したのです」

「どういうことだ……？　クエストを受注しないと、モンスターを倒しても銅貨1枚も貰えないのに？」

　チッチッチ、と受付嬢は指を左右に振る。

「私には分かります。緊急事態にはクエストは10分程度で発行されます。しかし、シャーロットさんはクエストの報酬を捨ててでも、そのたった10分の間に被害が拡大するのを止めたかったのです」

「「「なんだってー!?」」」

「フフフ。あの時のシャーロットさんの目はこう語っていました。『クエストが発行されるのを待っていたら、グランドボアに街のどなたかが害されてしまうかもしれませんわ。人の命程尊いものは無いのですわ。報酬など要りません、1秒でも早くグランドボアを倒してまいりますわ！』、と」

「くううぅ！　シャーロットさん、カッコ良すぎる！　何も語らず走り出す辺り、すっげぇクールだぜ！」

「感動した！　感動した！　なんて高潔な精神を持っているんだシャーロットさんは！」

「俺は恥ずかしい……報酬のためにしかモンスターと戦ってこなかった自分が恥ずかしい！」

　大の男達が、人目もはばからず熱い涙を流す。

「今日はとにかく、英雄の誕生を祝いましょう！　我らの街の英雄、シャーロット・ネイビーさんに乾杯！」

「「乾杯‼」」

こうして、ただモンスターのお肉を食べることしか頭にないシャーロットの美化されまくった武勇伝が生まれ、街中へと広まっていった。

だが、こんなものはまだまだ序の口。

今後さらに勘違いは加速し、シャーロットの武勇伝はどんどん増え、国中へと広まっていくのであった。

――王国の、とある北の街。

その大通りはお祭り騒ぎになっていた。通り中民衆でごった返している。

近隣の森にひそみ、国民を脅かしていた盗賊団を討った、王国騎士団が帰ってきたのだ。

いわば、凱旋《がいせん》である。

明るい表情で手を振る騎士団の後ろでは、両手を拘束された盗賊達が連行されている。

騎士団の先頭には、民衆の注目を一身に集める人物がいた。

「みなさん、お出迎えありがとう！」

さわやかな笑顔で手を振るのは、王国第一王子、アウゼス・ローデンハイム。

王国騎士団を自ら率いるだけでなく、盗賊団のアジトへ斬りこんで敵の半数を自ら無力化した、恐るべき戦闘力の持ち主でもある。

同時に優れた容姿と民を想《おも》う優しい心の持ち主であり、国民から圧倒的な人気を集めている。

「噂通りの美男子だわ、アウゼス殿下！」

「本当に格好いいわ……婚約者はまだいないという話だけど、誰か気になっている人はいるのかしら？」

「止めときなさいって。アタシたちじゃとても手が届かないわ」

「あ、殿下がこっち見たわ！　キャー！」

アウゼス王太子が手を振ると、黄色い声が上がる。

大人から子供たちまで、絵本から飛び出してきたような王子に夢中だった。

「あっ……」

幼い少女が、興奮して手を振り過ぎて持っていたアイスクリームを飛ばしてしまう。

そしてアイスクリームは、アウゼス王太子の頬を直撃してしまった。

大通りが、打って変わって静まり返る。

「あ、その……ごご、ごめんなさい！」

少女が泣き出しそうになって謝る。隣にいた母親も必死で頭を下げる。

凍り付いた空気の中、アウゼス王太子だけは優雅に微笑んでいた。

「謝ることはない。それだけ僕達を熱烈に歓迎してくれたということだろう？　こんなにも沢山の声援で迎えてくれて、嬉しい限りだよ」

一切取り乱すことなく、アウゼス王太子は頬をハンカチで拭う。

「で、殿下は私を許して下さるんですか……？」

「もちろん。気にすることはない。拭けば落ちるものだしね。それに……レモン味のアイスは好物なんだ」

そう言ってアウゼス王太子は口の端についていたアイスの拭き残しを舌で舐《な》めとる。

その色っぽい仕草に、通りのあちらこちらから黄色い声が上がる。

器の大きさとユーモアを兼ね備えた王太子は、民衆にとってまさに理想の王太子であった。

「セバス、あの少女に新しいアイスを買ってあげてくれ。トッピングも忘れずにな」

「畏《かしこ》まりました」

アウゼス王太子の指示で、後ろに控えていた初老の使用人が動き出す。

これは、『きっとあの少女は、今日のことをずっと悔いてしまうだろう。そうならないように、楽しい思い出で上書きしてあげよう』というアウゼス王太子の少女への気遣いである。

こうして凱旋は文句のつけようのない程の成功で終わった。

――数時間後。

「……ふぅ。緊張するなぁ」

凱旋を終えて、アウゼス王太子は馬車で森の中の道を進んでいた。騎士団とは別れ、数台の護衛の馬車がついているばかりである。

アウゼス王太子の優し気でありながら精悍《せいかん》な顔は、緊張の色を浮かべていた。盗賊団のアジトに

乗り込む前には騎士団をジョークで笑わせていた彼が、今は緊張で言葉が少ない。こまめに額の汗を新しいハンカチで拭っている。

「大丈夫です。殿下であれば必ず成功しますとも」

隣にいる初老の使用人セバスが王太子を励ます。

「……今日こそ僕は、僕はシャーロットさんに婚約を申し込む――!!」

アウゼス王太子は、ポケットに忍ばせた指輪の箱を握り締めた。

覚悟を決めたアウゼス王太子は、森の中にあるネイビー侯爵家を訪れるのであった。

「お待ちしておりました、アウゼス殿下。ご足労頂きありがとうございます。さぁさ、どうぞこちらへ」

満面の笑みでシャーロットの父、マッシュ・ネイビー侯爵がアウゼス王太子を応接間へと迎える。

「おや……いつも迎えに出てきてくれるシャーロットさんがいないようですが、今日はどちらへ?」

アウゼス王太子が辺りを見渡しながらそう問う。

「ああ、あいつなら追放しましたよ。あいつは我が侯爵家に相応しくありませんからな。あんなのがいるとネイビー侯爵家の品位が下がるというものですよ、わっはっは!」

「……は?」

アウゼス王太子の顔から笑みが抜け落ちる。どころか、周囲の空気が熱くなる程の静かな怒りを放っている。

マッシュ侯爵はそれに気づかず話し続ける。

「いやー、シャーロットの奴《やつ》、殿下の前では口にできないような卑しいギフトを授かりまして。お前など侯爵家に相応しくない、と追い出したのですよ」

「追い出したって、どこの街へです……？」

「街へはわざわざ送っておりません。玄関から放り出しただけですよ。この森には強くないとはいえモンスターも生息していますからな。今頃スライムか狼に喰《く》われているかもしれませんな。わっはっは！」

「……ネイビー侯爵。僕が今日ここへ何をしに来たと思いますか」

「それはもちろん、侯爵である私と親睦を深めて国の地盤を固め――」

「違います。今日僕がここへ来たのは、シャーロットさんに結婚を申し込むためです」

「……⁉」

マッシュ侯爵が、何を言われているのか理解できず硬直する。

「僕がたびたび自分からこの屋敷を訪れていたのも、シャーロットさんに会うためです。侯爵とお会いするのは、その口実に過ぎませんでした」

淡々と告げるアウゼス王太子の口調は冷え切っていた。

「僕の心は、5歳のころ王城へ遊びに来ていたシャーロットさんの笑顔を見たときから、シャーロットさんのものだ。シャーロットさんに振り向いてもらうため、僕は自分を磨き続けた。『理想の王子』とまで国民に言われるようになっても、結局シャーロットさんには『仲の良《い》い幼《おさな》馴染《なじみ》』としか認識してもらえていませんがね」

アウゼス王太子は悲しそうに微笑む。

「そんな、まさか。ではなぜ結婚の申し出が今更になってなのです……？」

「それは僕の至らなさ故に、です。これまで何度も結婚を申し込もうとしましたが、シャーロットさんを前にすると、緊張してうまく言葉が出てこなくなります。これに関しては僕に非があるし、侯爵を責めるつもりはありません。が、ギフトを理由にシャーロットさんを追放したとはどういうことでしょうか？」

「それは……！」

「さて侯爵。もう一度、お聞きします。シャーロットさんは今頃どうしていると思いますか？　さっきの言葉を、もう一度繰り返して言ってもらいましょう」

普段さわやかな笑みを浮かべているアウゼス王太子の顔には、今は微塵《みじん》の笑みもなかった。

「ええと、今頃はきっと街についてのんびり楽しく暮らして……」

「違います。侯爵は先ほど『今頃スライムか狼に喰われているかもしれませんな』と仰いました」

本気で怒る王太子に詰められて、侯爵は顔が真っ青になっていた。

「今から僕は総力を挙げてシャーロットさんを捜索します。侯爵もそうするように。もしシャーロットさんが見つからなかったり亡くなっていたりしたら、その時は――」

「まさか、侯爵の地位を剥奪して伯爵に格下げですか？」

「違います」

「では、子爵に格下げ、ですかな？」

「それも違います」

「！　まさか、平民として生きろと――」

「それも違います。ネイビー侯爵、あなたには処刑台に登って頂きます」

「しょけ……？」

　マッシュ侯爵は、頭が真っ白になっていた。

「セバス。採寸をしてやれ」

「畏まりました」

　使用人セバスが一礼して、マッシュ侯爵の首に紐《ひも》を巻きつけて寸法を測る。

「あの、殿下。これは一体何を……？」

「あなたのための特製処刑台を作るための採寸です。もしシャーロットさんが亡くなっていたり1週間以内に連れ戻せなかったら、その時は――」

　そこでセバスが、アウゼス王太子の意を汲《く》んでほんの少し、侯爵の首を測っている紐に力を入れる。

　それだけで、恐怖のあまりマッシュ侯爵は泡を吹いて気絶した。

# 第二章　お屋敷《やしき》での専属メイドが追いかけてきましたわ

「いい朝ですわ～」

ワタクシの朝のルーティーン。

それは街の宿を出て、散歩がてらレストランにサンドイッチを食べに行くことですわ。

ワタクシのこの街での行きつけのレストラン〝冒険者ギルド〟は24時間営業なのが素晴らしいですわ。

それに何より、サンドイッチがとっても美味《おい》しいんですの！

「シャーロットさん、おはようございます！」

「おはようございます！」

最近は、お店に入ると何人かのお客さんが挨拶してくれるようになりましたわ。

「ごきげんよう、皆様～」

これでワタクシも、〝常連〟の仲間入りができたのかしら♪

嬉《うれ》しいですわ。

「さて、今日は何のモンスターさんを狩りに行きましょうかしら」

サンドイッチを食べ終わり、ワタクシが席を立ったその時――

「探したッスよ、お嬢様～!!」

レストランに突然、メイド姿の少女が飛び込んできましたわ。

そして、ワタクシの胸に飛びついてきますわ。

「ご無事だったんですね、お嬢様！　良かった！　本当に良かったッス〜！」

大泣きしていますわ。

小さい背丈。クセのある栗色《くりいろ》の髪。まるでリスのような印象を受ける少女ですわ。

目まぐるしく表情が変わるのがとっても愛らしいんですの。

この子はマリー。侯爵家にいたときのワタクシの専属メイドですわ。

「どうしましたのマリー、そんなに大泣きして」

ワタクシはマリーの頭を優しく撫《な》でます。マリーの髪はふわふわしていてとっても心地が良《い》いですわ〜。

「だってお嬢様が森の中で１人で放り出されたって聞いて。お嬢様がモンスターに食べられてたらどうしようかと思ってええええぇ」

「まぁ。ワタクシがモンスターに食べられるだなんて」

むしろワタクシがモンスターを食べましたわ。

パクパクでしたわ。

ワタクシが涙をハンカチで拭くと、マリーはようやく落ち着きますわ。

「そうだ、私こんなものを預かって来たッス！」

マリーが取り出したのは、１本の鍵。

「ジェイス様から預かって来たッス。もしお嬢様が生きていたら、もう使う予定がないこの街にある別荘を好きに使って良いと仰《おっしゃ》っていたッス」

「まぁ。ジェイスお兄様が？」

「ジェイス様は、お嬢様の追放について大変お怒りで当主様と大喧嘩《げんか》してたッス。侯爵家の存続に関わらなければ良いッスけど……いやむしろ、お嬢様を追放した侯爵家なんて滅んじゃえばいいんッス！」

「まぁまぁ。あんまりそんなことを言ってはダメですわ」

というわけで、早速ワタクシとマリーはお兄様の別荘へ向かいましたわ。

大きさは侯爵家よりも大分狭くなるけど、1人で住むには十分すぎる程ですわ！

小さいながらもお庭もありますわ～。

「ワタクシ、バーベキューというものがやってみたいですわ」

お父様に禁止されていたので、一度やってみたかったのですわ。

ワクワクですわ。

「それでお嬢様。ひとつお願いがあるッスけど……」

マリーが手をもじもじさせているわ。何かしら？

「お嬢様さえよければ、またメイドとしてこの家で働かせて欲しいッス」

マリーがワタクシを見上げて訴えてきますわ。

「捨て子だった私は、お嬢様に拾っていただけなかったらとっくにどこかの路地裏で死んでいたは

ずッス。それに、屋敷に来て全然仕事が出来なかった私に優しくしてくれて、お嬢様には感謝しきれないくらい感謝しているッス。だから、無償でも良いのでお家に置いて欲しいッス！　よそで働いて自分の食《く》い扶持《ぶち》は自分で稼ぐッス。だから……」

　本気ですわ。

　タダで働くなんて不利な申し出をしてるのに、目が真剣そのものですわ。

「ほら、このお家にお嬢様1人だと掃除が大変じゃないッスか！　メイドが1人くらいいないとやっていけないっすよ！　だから――」

「だ～め♪」

「どうしてそういうこと言うんスか～！」

　マリーが泣いちゃいましたわ。

　へたり込んで、大泣きしてしまいましたわ。

「駄目ですわマリー。そんな、タダで働くなんて言っては」

　そう言ってワタクシはお財布から出した金貨を1枚差し出しますわ。

「働いてもらうからには、ちゃんとお給料はお渡ししますわ。それにね、ワタクシ侯爵家での暮らしが長すぎて、あなた無しでは生きていけそうにないのですわ」

「お、お嬢様……お嬢様ああああぁ～！」

　マリーがワタクシに抱きついて来てますます泣いてしまいましたわ。

　大号泣ですわ。

マリーは家事が得意で、特にマリーの焼くパンケーキは絶品ですの！

あれがないとワタクシ生きていけませんわ〜！

早速作って欲しいですわ。

ワタクシはマリーが泣《な》き止《や》むまでフカフカの髪の毛を撫でていましたわ。

モフモフですわ。

一日中撫でていられますわ〜！

10分ほどそうしていますと、マリーがようやく落ち着きましたわ。

「泣き止みましたわね？　マリー。さぁ、早速出かけますわよ〜」

「へ？　出かけるってどこへッスか？」

「ご飯を食べに森へ行きますわ。さぁ、マリーも一緒に」

「ええ、森へ行くッスか⁉　危ないッス！　モンスターがいて危険っスよぉ」

「大丈夫ですわ。この辺りの森に危険なんてありませんわ〜」

――30分後。

「ほら出たッス！　ほーら出たッス！　お嬢様、早く逃げるッス！」

森に入るとすぐに、狼《おおかみ》さんが出てきましたわ。

まぁワタクシ、狼さんがそこにいるのは森に入る前からわかっていましたけど。

1キロ周囲のモンスターさんの気配は丸わかりですわ〜。

「お嬢様。私が時間を稼ぐッス！　その間に早く逃げ――」

「狼さーん、こちらへいらっしゃいですわ～♪」

「お嬢様ー⁉　何挑発してるッスか⁉」

手招きすると、狼さんがこちらへ飛び掛かって来ますわ。

『ガウッ！』

狼さんがワタクシの手に噛《か》みつきますわ。

でも。

〝ボキンッ！〟

牙が折れてしまいますわ。

ワタクシの手には、傷一つついていませんわ。

「ほらね？　大丈夫でしょう？」

「え、ええええ⁉　なんでッスか？」

「モンスターというのは、見た目が強そうでも実はとってもか弱い存在ですのよ」

「いやいやいや。そんなはず無いッス！」

「ではマリーは、ワタクシのお肌がカッチカチになっているとでも言いますの？」

失礼しちゃいますわ。

毎日ちゃんとハンドクリームも塗ってますのに。

ワタクシは、まだワタクシの手に噛み付いている狼さんに目を戻しますわ。

「〝プチファイア〟ですわ」

狼さんを、炎が包み込みますわ。

「お嬢様、その魔法の威力は何ッスか⁉　強すぎッスよ！」

「そんなことないですわ〜。普通ですわ、普通」

最近見た目が少し派手になったような気はしますけど。

炎に焼かれて、いつものように狼さんがステーキになりましたわ。

今日もお皿とナイフとフォークもそろっていますわ。

至れり尽くせりですわ〜。

「お嬢様、なんッスかコレ⁉」

「ワタクシのギフト【モンスターイーター】の効果ですわ。ワタクシが倒したモンスターさんは、料理になりますの」

「そんなのありッスか⁉」

ふふふ。

わかりますわその反応。

ワタクシも最初はびっくりしましたもの。

さて、早速ステーキを頂きたいところですけれどもその前に。

ワタクシ、アイテムボックスからテーブルと椅子、それからナプキンを取り出しますわ。

「え？　お嬢様、今そのテーブルどこから出したッスか⁉」

「ふふふ。これは最近覚えたワタクシの特技〝アイテムボックス〟ですわ。なんでもこの穴の中に仕舞っておけるので便利ですわ」

「お嬢様、凄《すご》いッス……」

マリーが目を真ん丸にしていますわ。

「さて、ステーキを頂きますわ～」

美味しいですわ！

このジューシーさ、たまりませんわ！

パクパクですわ！

「いいなぁ、お嬢様……」

「もちろんマリーにも分けて差し上げますわ。はい、あーん」

ワタクシはステーキ肉を切って、マリーにおすそ分けしますわ。

お肉はマリーの小さくてかわいらしいお口に入る……寸前で消えてしまいましたわ。

「あら？」

不思議ですわ。

煙のように消えてしまいましたわ。

「お嬢様、私のお肉は？　私のお肉はどこに行っちゃったんッスか？」

「ごめんなさいマリー。ワタクシのギフトで作ったお料理は、ワタクシしか食べられないみたい」

「そんなあああぁ」

涙目になるマリー。

ごめんなさいマリー。ワタクシ、あなたのそんな表情も愛らしいと思ってしまうのですわ。

「……あら？」

近くに、これまで感じたことないモンスターさんの気配がしますわ。

小さいですが、他のモンスターさんと比べて濃い気配。これは珍しいモンスターさんに会える予感が致しますわ～。

「見つけましたわ」

ワタクシが見つけたのは、木陰に生えているキノコさん。それも3本生えていますわ。

「お嬢様、コレ本当にモンスターなんッスか？」

「わかりませんわ。でも大丈夫。ワタクシ、こんなものを持っていますの」

ワタクシは、アイテムボックスから分厚い本を取り出しますわ。

「これは街のレストランで買ったモンスターさんの図鑑ですわ。これがあればどんなモンスターさんに出会っても正体がすぐわかりますわ～」

ワタクシは早速キノコ型モンスターさんのページを開きます。

「ええと、色と形から……このモンスターさんは〝マンドラゴラ〟。とっても珍しくて見つけるのが難しいモンスターさんだそうですわ。病気によく効く効果があって、金貨20枚で取引されるのですって。モンスターに分類されていますけれど、動くことは無いそうですわ」

「本当ッスか⁉　やったッスねお嬢様、これで大儲《おおもう》けッスよ！　早速引っこ抜くッス！　せー、の！」

「あと、『引き抜くと叫び声を上げる。聞いた人間は脳が潰れて死ぬ』とも書いてありますわ～」

「えええええええ⁉」

マリーが引き抜く寸前で踏みとどまりますわ。

「ちょっと抜いちゃいましたけど、これセーフッスかね？　1センチくらい抜けてるッスけどセーフッスよね⁉　セーフと言ってほしいッス！」

「叫んでいないからセーフだと思いますわ」

危ないところでしたわ～。

もう少しで死ぬところでしたわ。

「ふむふむ。マンドラゴラには毒があって、そのままでは食べられないらしいですわ。生きたまま日光に当てると毒が分解されるけど、生きたまま引き抜くと叫び声をあげるらしいですわ」

「厄介ッス～！　その本には、マンドラゴラを抜く方法はなにか書いてないッスかね？」

「ええとね……『自分に懐いた犬にマンドラゴラを結びつけて、遠くから犬を呼んで引き抜かせる。犬は死ぬ』と書いてありますわ。でも……」

「『犬が可哀《かわい》そう（ですわ～！）（ッス！）』」

無理ですわそんなこと。

ワタクシにはとてもできませんわ～！

「あと、『引き抜いて０・１秒以内にマンドラゴラを即死させて叫ぶ前に殺す方法もある』と書いてありますわ」

「絶対無理ッス！　その方法に失敗して死んでる人、結構居そうッス」

「正解ですわ。毎年何人か亡くなっているそうですわ」

というわけで。

「抜くのはあきらめて、抜く前にワタクシの魔法でやっつけて料理に出来ないか試してみますわ」

マンドラゴラの1本に狙いを定めて、ワタクシは魔法を放ちますわ。

「〝プチファイア〟ですわ！」

……ですが。

「ダメですわ……。料理が出てこずマンドラゴラさんが消し炭になっただけですわ」

やはり毒がある状態では料理にできないのかしら。

しょんぼりですわ……。

「げ、元気出すッスお嬢様！　ほ、他にはキノコ型モンスターっていないんッスかね？　私、他のキノコモンスターも見てみたいッス！」

「他には……そうですわね、〝マタンゴ〟という歩くキノコモンスターがいるらしいですわ。キノコの軸が2つに分かれていて、二足歩行するらしいですわよ。……ほら、あんな風に」

ワタクシの指さす先に、丁度歩くマタンゴさんが出てきましたわ。

大きさはワタクシの腰まであるくらい。よったよったと歩く様子がとてもかわいい——

「ギャー！　なんか気持ち悪いの出てきたッスー!!」

「あら。さっきまで『他のキノコモンスターも見てみたい』と言っていましたのに？」

「現物見たら気が変わったッス！」

「ちなみに『麻痺《まひ》させる胞子を使って獲物を捕らえて、キノコを植え付ける』らしいですわ。怖いですわ」

「ギャアアアアアアアアアア！　早く逃げるッスお嬢様！」

「〝プチファイア〟ですわ」

マタンゴさんは、一瞬で燃えましたわ。そして——

「キノコのバターソテーですわー‼」

今度は上手《うま》く料理になりましたわ！

「ええ⁉　お嬢様、まさかそれを食べ——」

「頂きますわ〜！」

ぱくり。

「美味しいですわ〜♪」

キノコと言えば付け合わせやソースの具などにされることが多いですわ。

でもこのキノコは、メインディッシュになれるだけのボリュームと美味しさがありますわ。

パクパクですわ。

「うう、お嬢様が美味しそうにキノコを食べてるの見たら私もお腹《なか》すいて来たッス……」

「じゃあ、後でマリーも食べられるモンスターも探しましょう」

その時、いつもの耳鳴りがしますわ。

『モンスターを食べたことによりレベルが上がりました』

『マタンゴ捕食ボーナス。麻痺魔法〝パラライズ〟を修得しました』

まぁ！　まぁ！　まぁ！

いつもは意味不明な耳鳴りですけど、今日のは少し意味がわかりましたわ。

「ワタクシ、新しい魔法が使えるようになりましたわ～！」

嬉しいですわ嬉しいですわ♪

ワタクシ、昔からもっと色んな魔法が使ってみたいと思っていたのですわ。

『ガルルルル！』

「まぁ、丁度いいところに狼さんがいらしたわ。〝パラライズ〟ですわ！」

ワタクシが唱えると、黄色い煙が狼さんを包み込みますわ。

そして狼さんが、カチンと固まってその場で倒れますわ。

まるで石像にでもなったようで、まぶたも動かせないご様子ですわ。

……とりあえず、ステーキにして美味しくいただきましたわ。

そしてステーキを食べていると、ワタクシ良いことを思いつきましたわ。

「〝パラライズ〟でマンドラゴラさんを麻痺させて引き抜けば、叫ばせずに済みますわ！」

「おお、確かにその通りッス！　お嬢様、賢いッス！」

「ふふん。今日のワタクシは冴《さ》えていますの～」

というわけで、早速マンドラゴラさんに〝パラライズ〟を掛けて麻痺させますわ。

そして――。

「1、2の……3ですわ！」

マンドラゴラさんを引き抜きますわ。

思いのほかあっさり抜けましたわ。日光に当たって、これで毒も無くなったはず。

「叫ばないッス……やったッスお嬢様、マンドラゴラ攻略成功ッス！」

ワタクシとマリーはハイタッチして喜びを分かち合いますわ。

「そして……〝プチファイア〟ですわ！」

ワタクシの魔法でマンドラゴラさんにトドメを刺しますわ。

すると今度は、ちゃんと料理になりましたわ。

さっきのマタンゴさんよりもずっと小さいお皿に載ったキノコのソテー。

「早速頂きますわー！」

果たしてお味は――！

………………

…………

……

普通ですわ。

侯爵家で食べていた料理の付け合わせのキノコと同じ味がしますわ。

食感はシナシナですわ。

「マズくはないけど、特別に美味しいということもないですわ……」

　微妙な心情ですわ。

　モグモグですわ。

『モンスターを食べたことによりレベルが上がりました』

『レアモンスター〝マンドラゴラ〟捕食ボーナス。常時発動レアスキル〝状態異常完全遮断〟を修得しました』

　しかもまた意味の分からない耳鳴りがしますわ……。

　アンニュイですわ。

「マズくはなかったけど、期待が裏切られたのは悲しいですわ……。早く次のモンスターさんを探しに行きますわよ……あら？」

　その時、ワタクシは新しいモンスターさんの気配を察知しますわ。

〝トトトトトトト……〟

　なんだかとっても、濃厚な気配ですわ。

　それにとっても小さいですわ。

　その気配が、凄い速度でこちらに近づいて来ますわ！

　草むらからモンスターさんが飛び出して、ワタクシ達《たち》の前を横切りますわ。

　見た目はウサギさん。ただし、頭から鹿の角が生えていますわ。

「あれは――〝ジャッカロープ〟ッス！　伝説のモンスターッスよ！　捕まえたものには幸運が訪

れるという言い伝えを聞いたことがあるッス！」

「まぁ。そんなに有名なモンスターさんなの？」

ジャッカロープさんは、凄い速度で走り去ってしまいましたわ。

とてもワタクシの魔法では捕らえられませんわ。

ところでワタクシ、ひとつ気になることができましたわ。

「伝説のモンスターさんって、どんな味がするのかしら……！」

ワタクシ、ワクワクしてきましたわ～！

「お嬢様、ジャッカロープを倒すつもりッスか⁉　無茶ッス！　あんなに速いモンスター、魔法なんて当てられっこないッス！」

「難しいですわ……でも、困難を乗り越えた後に食べるご飯ってとっても美味しいと思うのですわ！」

　でもその前に。

「まずはこの、マンドラゴラの最後の1本を抜いてしまいますわ」

麻痺させて引き抜いて、今度はナイフで捌《さば》きますわ。

これで無事にマンドラゴラを仕留められましたわ。

アイテムボックスに大切にしまっておきますわ。これを売れば、しばらくマリーに渡すお給料の心配をしなくて済みますわ～。

「では、ジャッカロープさんを倒しに行きますわ」

ジャッカロープさんは、今ワタクシが気配を察知できるギリギリのところにいらっしゃいますわ。

ここから1キロ程でしょうかしら。

「ワタクシの魔法の速度ではとても捕らえられませんわね。どうしましょう……」

む。

ワタクシはそこで、変なものを見つけましたわ。

森の中で一直線に、草が倒れているのですわ。

「お嬢様、これは獣道というものッス。動物が通る道ッス」

「ということは、またあのジャッカロープはここを通る可能性が高い……？」

閃《ひらめ》きましたわ。

「マリー、あなたにも手を貸してもらいますわ」

ワタクシ達は、ジャッカロープ捕獲の準備を始めましたわ。

――5分後。

「がおおおおおおー！　食べちゃうッスよー！」

マリーが大声をあげながらジャッカロープさんに突撃していきますわ。

ジャッカロープさんが凄い速さで逃げ出しますわ。マリーの脚ではとても追いつけそうにないですわ。でも、これも計算のうちですわ。

マリーには、ジャッカロープさんをワタクシの方へ追い込むように動いてもらっていますわ。

ジャッカロープさんがワタクシの方へと逃げてきて――。

そして――

〝ツルンっ！〟

足を滑らせましたわー！

「掛かりましたわね！」

ワタクシ、〝プチアイス〟で獣道を凍らせておきましたの。

しかも――

〝キュイ⁉〟

ワタクシが予《あらかじ》め設置しておいた麻痺の煙がジャッカロープさんを包み込みますわ。

そして――

「今ですわ！　〝プチファイア〟！」

ワタクシの魔法がジャッカロープさんに直撃しますわ。

「やりましたわ～！」

ジャッカロープさんが、ウサギのシチューになりましたわ！

「匂いだけでもうお腹が空いて仕方ありませんわ。頂きますわ！」

マリーが戻って来たら、また恨めしい目で見られてしまいますわ。

今のうちに、心置きなく堪能《たんのう》させて頂きますわ！

ぱくり。

「お！　い！　し！　い！　ですわ！」

ジャッカロープさんのお肉、柔らかくてふわっふわですわ。

スプーンを運ぶ手が止まりませんわ。

お代わり何杯でもいけますわ！

パクパクですわ！

グランドボアのお肉は歯ごたえのあるずっしりとした味わいでしたが、ジャッカロープさんのお肉はとろけるような柔らかさですわ。

これは甲乙つけがたいですわ～！

「大満足ですわ～！」

『モンスターを食べたことによりレベルが上がりました』

『レアモンスター〝ジャッカロープ〟捕食ボーナス。常時発動レアスキル〝全属性魔法耐性〟を修得しました』

---

シャーロット・ネイビー　LV39
◇◇◇パラメータ◇◇◇
○HP：39／39　○MP：61／61
○筋力：32　○魔力：50
○防御力：41（＋ボーナス105）　○敏捷《びんしょう》：27

---

◇◇◇スキル◇◇◇
○索敵ＬＶ８
○オートカウンター（レア）
○無限アイテムボックス（レア）
○状態異常完全遮断（レア）［Ｎｅｗ‼］
　全ての状態異常を一切受け付けなくなる
○全属性魔法耐性（レア）［Ｎｅｗ‼］
　受ける全ての魔法攻撃の威力を半減させる
◇◇◇使用可能魔法◇◇◇
○プチファイア
○プチアイス
○パライズ［Ｎｅｗ‼］

---

その夜。

お家に戻って、晩御飯を終えた頃のこと。

〝チリン。チリン〟

玄関の呼び鈴が鳴りますわ。

「まぁ、どなたかしら？」

チェーンを掛けたままドアを開けると、そこには何と顔を真っ青にしたお父様が立っていましたわ。

　そして開口一番。

「シャーロット！　侯爵家に戻ってこい！」

　と叫びなさいますわ。

「まぁ、お父様はワタクシのギフトをあんなに嫌っていらっしゃったのに。どうなさいましたの？」

「実は、アウゼス殿下がお前にぞっこん――いや、なんでもない！　とにかく、戻ってくるんだ」

　なんだかお父様、凄い気迫ですわ。

　もしかして、ワタクシがいなくなって淋《さみ》しくなったのでしょうか？

　お父様もお可愛《かわい》い一面がありますわ～。

　でも。

「ワタクシ、今の生活が気に入っていますの。戻る気はありませんわ」

　お父様のことですもの。またモンスターさんを食べたいなんて許してくれるはずがありませんもの。

　ワタクシ、もうモンスターさんのお肉無しでは生きられませんわ～！

　それにレストラン〝冒険者ギルド〟のサンドイッチが食べられなくなるのも耐えられませんわ。

「しかし、お前は侯爵家を出たら金が――」

「ご心配は不要ですわ。ワタクシ、お金にもしばらくは困りませんわ」

　マンドラゴラさんを街の薬屋さんで買い取っていただいて、しばらく暮らしていけるだけのお金は持っていますわ。

生きていくには何一つ不自由しませんわ～！

「それではお父様、ごきげんようですわ」

「ま、待ってくれシャーロット！」

〝バタン〟

ワタクシはお家のドアを閉めますわ。

侯爵家に戻ったところで、あれをするなこれをするなと厳しく言われながら暮らして、政略結婚させられるだけですもの。

マリーと2人で自由にモンスターさんを食べながら暮らす、今の生活のほうがずっと楽しいですわ！

でもお父様も淋しがっていらっしゃるみたいですし、たまには侯爵家に遊びに行きましょうかしら。ふふふ。

――翌日。

〝チリンチリン～♪〟

またお父様がいらっしゃいましたわ。

「シャーロット、飛び切りの縁談話を持ってきたぞ。聞いて驚け。相手はなんとあの、地位もあってイケメンで国中の女性のあこがれの的、アウゼ――」

「ワタクシ、殿方との恋愛には興味ありませんわ～」

〝バタン〟

殿方とのロマンスよりもモンスターさんのお肉の方がずっと大事ですわ！

――翌翌日。

〝チリンチリン～♪〟

またまたお父様がいらっしゃいましたわ。

「シャーロット、今日は焼き立てのパンケーキを持ってきたぞ！　お前の好物だろう⁉　さぁ、侯爵家に戻ってくるんだ」

「パンケーキなら間に合っていますわ～♪」

マリーの作るパンケーキは世界一ですわ。

マリーさえいてくれれば、パンケーキには困りませんの。

さっきも3枚もパンケーキを焼いてもらいましたわ。

ふわっふわで甘々《あまあま》でもう最高でしたの！

〝バタン〟

――さらに翌日。

〝チリンチリン～♪〟

「シャーロット、パパが絵本を読んであげよう。さぁ、侯爵家に戻っておいで」

「要りませんわ～！」

〝バタン〟

——そのさらに翌日。

「お父様、ワタクシは侯爵家に戻る気は——あら？」

今日は玄関にいたのは、お父様ではなくて幼馴染《おさななじみ》のアウゼス殿下でしたわ。

「まぁ、お久しぶりですわ殿下。ごきげんようですわ～」

「あ、ああ。シャーロットさん。久しぶりだな」

相変わらず、落ち着かないご様子ですわ。

面白い方ですわ～。

「シャーロットさん、今日はいい天気だね」

「そうでしょうか……？」

今日は曇り空ですわ。

あまり良い天気とは言えない気がいたしますわ。

曇りにも曇り空の良さがあるよね、と仰りたいのでしょうか？

「シャーロットさん、ええとその、今日はいい天気だね」

「殿下、それはもう聞きましたわ～」

昔から殿下はことあるごとに天気の話をなさいますの。

会話のレパートリーが少なくて、幼馴染として心配になりますわ。

すると殿下は、何か決意を固めたような表情でポケットから何かを取り出しますわ。

「実は、今度街で開催されるオペラのチケットが余っているんだ。もしよければ……」

「まぁ、下さるの？」

殿下はうなずいて、チケットを2枚差し出しますわ。

ワタクシ、ありがたく受け取りますわ。

「ありがとうございますわ。……マリー！　殿下からオペラのチケットを頂きましたわ。今度一緒に観にいきましょう」

「お嬢様、それは多分一緒に観に行こうっていう殿下からのお誘いッスよ」

「まぁ、そうですの殿下？」

と、聞いてみたのですが。

「指あたっちゃった！　指触っちゃった！」

なんだか顔を赤くして慌てふためいてらっしゃるわ。どこか嬉しそうですわ。

「あら、そう言えば殿下、しばらく見ないうちに髪の毛がだいぶ長くなりましたわね」

「そ、そうかな？」

殿下は髪を指先で弄《いじ》りますわ。

「ち、ちなみにシャーロットさんは、髪は長い方と短い方。どちらが好みだろうか？」

興味ないですわ～！

殿方の髪型に、全く関心ございませんわ～！

でも『興味ないですわ』なんて答えるのも素っ気なさすぎますし。

「（どちらでもいいですが強いて言うならば）短い方が好みですわ～」

「そうか、わかった」

そこで殿下は腰から剣を抜きますわ。

「カミソリを持てセバス。僕は今から頭を丸刈りにする」

そう言って、殿下は剣で自分の髪を切ろうとしますわ。

「あー殿下！　おやめ下さいませ殿下！　国中の女性が泣きますぞ殿下！」

後ろに控えていた使用人のセバスさんが殿下を羽交い締めにしますわ。

「放せセバス！　僕は究極の短髪にするんだ！　振り向いてもらうんだ！」

「落ち着いてください殿下！　絶対そんなことしても振り向いてもらえませんぞ殿下！　お前たちも殿下を押さえろ！　早くしろ、殿下の髪が残っているうちに！」

護衛の騎士さんたちが慌ててやってきて殿下を取り押さえますわ。

殿下は相変わらず愉快なお方ですわ～。

そのまま殿下は、護衛の騎士さん達に連れられて帰っていきましたわ。

……なんだったのでしょうか？


「一大事ですわ～!!」

困りましたわ困りましたわ。

これは大変なことですわ！

ワタクシ、今日もレストラン〝冒険者ギルド〟に朝食を摂《と》りに来ているのですけれども。

毎朝食べている、レストランのサンドイッチ。

なんと今日、レタスが入っておりませんの！

注文するときに『材料の仕入れの関係で今日のサンドイッチには一部野菜が入っていません。代わりにハムを増量しています』とは聞いておりましたけれども。

「ショックですわ～」

サンドイッチとは、具材のハーモニー。

代わりのハムが多めに入っているとはいえ、完璧なバランスが崩れてしまっていますわ。

ションボリですわ。

なぜ野菜が仕入れられないのか、ワタクシウェイトレスさんに聞いてみましたわ。

「実は、街のはずれにある農家の畑をモンスターが荒らし回っています。農家さんは駆除を依頼するお金もないそうで、被害が拡大しているそうです」

「それは大変ですわ！」

決めましたわ！

ワタクシ、その農家で害獣駆除をしますわ。

――1時間後。

「いやー、本当に困ってるんですよ！」

ワタクシ早速畑を訪れて、農家の娘さんに話を聞いていますわ。

「最近〝ラージラビット〟というモンスターが大量発生して困っているんです！」

ふむふむですわ。

「普段なら駆除依頼を出すんですけど、先月の嵐でだいぶ野菜や建物に被害が出てしまって、とても今依頼できるだけのお金がないんです！　このままでは、街の人たちも栄養不足になってしまいます」

「由々しき事態ですわ」

ワタクシもレタス不足ですわ。

「駆除してくれるところに相談したんですが。『力になりたいのは山々なのですが、規則上無償の依頼はできないことになっていまして』と申し訳なさそうに断られてしまいました。だから私達、自力でなんとかしようとしました！　ですけど……」

そう言って農家の娘さんは、畑を囲う木製の柵を指差しますわ。手作りのようですわ。

〝ザッザッザッザ〟

どこからか、土を掘るような音がしますわ。

柵の下の土に穴が開いて、大きなウサギさんが出てきましたわ。

大きさが耳を抜いてワタクシの腰程度までありますわ。

「まぁ、可愛らしいですわ。ペットにしたいですわ～！」

「あー！　また柵の下を掘られてるー！」

農家の娘さんは地面を踏んで悔しがっていますわ。

ウサギさんが穴に潜りますわ。そしてまた顔を出すと。

「あー！　ワタクシのサンドイッチに入るはずだったレタス！」

レタスの葉を咥《くわ》えていらっしゃいますわ。

ワタクシはウサギさんに近づきますわ。

「ウサギさん、そのレタスを返してくださいます？　それがないと、サンドイッチが完成しませんの。だからお願い、返して――」

逃げ出しましたわ。

ウサギさん、とても速いですわ。

ジャッカロープさんほどではないですが、とてもすばしっこいですわ。追いつけそうにありませんわ。

ウサギさんはワタクシの足元を通り抜けて、畑の隣の丘に走っていきますわ。そして、地面に開いた穴に逃げ込みますわ。

よく見るとこの丘、あちこちに穴が開いていますわ。穴だらけですわ。

丘の中はトンネルだらけでウサギさんの巣窟になっているのでしょう。

別の穴からレタスを咥えたウサギさんが出てきますわ。そして丘のてっぺんで、見せつけるようにレタスを食べ始めますわ。

「あ～！　ワタクシのレタスが！」

畑の柵の下から、沢山のウサギが出てきますわ。野菜を手に持ったり咥えたり。そして丘の上に移動して食べ始めますわ。
レタス丸ごと一玉食べている方までいますわ。
「あ〜！　せっかく作った野菜がー！」
農家の娘さんも頭を抱えていますわ。
……ワタクシ、先程あの生き物のことを『かわいい』と言いましたかしら？
嘘《うそ》ですわ〜！
憎たらしくってしかたありませんわあの害獣！
「１羽《わ》残らずミートパイにして差し上げますわ！」
サンドイッチの恨み、思い知るがいいですわ！
……とはいえ。
相手はあのすばしっこいウサギ。
ワタクシの魔法では当たりませんわ。
ワタクシの今使える魔法はコレですわ。

---

○プチファイア
○プチアイス
○パラライズ

「さて、どうしたものでしょうか……」

---

……………………

…………

……

「閃きましたわ！」

では早速害獣退治を始めていきますわ～！

「〝プチアイス〟ですわ！」

ワタクシは魔法を放ちますわ。

ウサギさんは危機を察して素早く穴に逃げ込みますわ。魔法は当たりませんでしたわ。でも。

「穴を塞ぎましたわ～」

ウサギさんの巣穴を、氷で完全に封鎖しましたわ。

「え、シャーロットさんの魔法凄くないですか?」

農家の娘さんが、目を丸くして尋ねてこられますわ。

「そんなことはありませんわ～」

ワタクシの魔法、家庭教師の先生に勉強ついでに教わっただけのものですもの。強いはずがありませんわ。

農家の娘さん、魔法を見るのは初めてでいらっしゃるのかしら？

「〝プチアイス〟ですわ！」

ワタクシは魔法を連打。

穴を塞いでいきますわ。

ひとつだけ残して、丘の穴を全て封鎖しましたわ。

気配で分かりますわ、中に沢山ウサギさんが潜んでいらっしゃるのが。30羽以上いらっしゃいますわね。

「行きますわよ。〝プチファイア〟！」

〝ズドオオオォン!!〟

ワタクシは、炎魔法を丘に向かって放ちますわ。

音と衝撃に驚いて、ウサギさん達が飛び出してきますわ。

ですが。

〝スポンッ〟

「掛かりましたわね〜！」

ワタクシあらかじめアイテムボックスを出口に設置しておきましたの。

逃げ出したウサギさんが、すっぽりとアイテムボックスに入りましたわ。

〝スポンッ！　スポンッ！〟

逃げ出してきたウサギさん達が、どんどんアイテムボックスに吸い込まれていきますわ。

〝スポポポポポンッ〟

連続でウサギさんが大量に吸い込まれていきますわ。

見ていて気持ちがいいですわ。

「害獣駆除って楽しいですわ～!!」

こうして、無事に畑を荒らしていたウサギ達の駆除に成功しましたわ。

――その日の夜。

「頂きますわ！」

「頂くッス！」

お家に帰って、ワタクシとマリーはウサギを頂きますわ。

テーブルの上にはマリーが作ったミートパイとシチューとスープ。そしてワタクシが〝プチファイア〟でウサギさんを倒して作ったウサギの丸焼き。

夢のような光景ですわ～！

「お嬢様が捕まえてきたウサギ、美味しいッス！」

「ウサギのお肉はまだまだ沢山ありますわ。遠慮せず食べてほしいですわ」

なんせ、20羽以上いますもの。

農家さんにお裾分けしましたが。それでもまだまだ食べきれないくらいいますわ～！

「メイドの身分だと、お肉をお腹いっぱい食べられる機会なんて無かったッスから。どれだけ食べてもいいなんて、夢みたいッス！」

マリーが笑顔でお肉を口に運びますわ。

喜んでもらえたみたいでよかったですわ～！

さあ、ワタクシも〝プチファイア〟で調理したウサギの丸焼きを頂きますわ。

「美味ですわ～！」

ウサギさんのお肉、ジューシー極まりないですわ！

ナイフで肉を切り分けるたびに肉汁の匂いが広がって涎《よだれ》が溢《あふ》れてきますわ！

食い荒らした野菜の旨味《うまみ》と栄養が肉に凝縮されているのがわかりますわパクパクですわ！

いつもならワタクシがギフトで作った料理を食べていると恨めしそうな目で見られますが、今日はマリーも一緒に食べてるので気にしなくてすみますわ。

ストレスフリーですわ～！

今日はマリーの作ったスープやミートパイもあるから3倍パクパクですわ！

『モンスターを食べたことによりレベルが上がりました』

『〝ラージラビット〟捕食ボーナス。スキル〝オートヒール〟を修得しました』

そしていつもの変な耳鳴りですわ～！

「お代わりが食べたいですわ」

庭に出て。アイテムボックスからウサギさんを1羽出して。

ウサギさんが着地する前に。

「〝プチファイア〟ですわ」

　いくらすばしっこいウサギさんでも、空中で身動きが取れない時になら簡単に魔法を当てられますわ。

「焼き上がりましたわ～」

　2羽目も変わらず美味しいですわ。

　何羽食べてもお代わりが止まりませんわ。

　無限に食べられますわ！

　とはいえ、食べ過ぎは体に良くありませんわ。

　ワタクシは自制できる淑女ですのよ。

「あと1羽だけですわ」

　パクパクパクパク

「今日はマリーと一緒にモンスターのお肉が食べられるおめでたい日ですもの。今日くらいはもう少し自分に甘くなっても良いはずですわ」

　パクパクパクパク

『モンスターを食べたことによりレベルが上がりました』

『〝ラージラビット〟捕食ボーナス。スキル〝オートヒールLV7〟が〝オートヒールLV8〟に進化しました』

「ウサギさんがアイテムボックスの中で餓死する前に食べてあげないといけませんわ。命をムダにするわけには行きませんわ。これは決してワタクシが食べたいからと言うわけではないのですわ」

パクパクパクパク
『モンスターを食べたことによりレベルが上がりました』

『〝ラージラビット〟捕食ボーナス。スキル〝オートヒールＬＶ８〟が〝オートヒールＬＶ９〟に進化しました』

「……今日はここまで９羽食べましたわ。９、というのはなんともキリが悪いですわ～。ワタクシ、几帳面《きちょうめん》な性格なのでこんなキリの悪い状態が許せませんわ」

パクパクパクパク
『モンスターを食べたことによりレベルが上がりました』

『〝ラージラビット〟捕食ボーナス。スキル〝オートヒールＬＶ９〟が〝オートヒールＬＶ10〟に進化しました。回復効果の対象が、自分を含めた周囲に拡大しました』

いつもより長めの耳鳴りですわ。

というわけで。

「10羽頂いてしまいましたわ……！」

ワタクシ、これ以上ないくらい満足ですわ！

「マリー、残りのウサギさんは干し肉に加工しておいて下さる？」

「かしこまりましたッス！」

この日からしばらくの間、お家でマリーが作ってくれる料理が豪華になりましたわ。

その上、

「シャーロットさん、先日畑を救って下さったお礼です！」
たまに農家の娘さんが、野菜を届けてくださるようになりましたわ。

---

シャーロット・ネイビー　LV49
◇◇◇パラメータ◇◇◇
○HP：47／47　○MP：74／74
○筋力：39　○魔力：61
○防御力：50（＋ボーナス105）　○敏捷：33
◇◇◇スキル◇◇◇
○素敵LV8　○オートカウンター（レア）
○無限アイテムボックス（レア）　○状態異常完全遮断（レア）
○全属性魔法耐性（レア）
○オートヒールLV10［New!!］
　自身と周囲に常時回復効果を発生させる
◇◇◇使用可能魔法◇◇◇
○プチファイア　○プチアイス
○パラライズ

---

夜の冒険者ギルドは、今日も大盛り上がりだった。

受付嬢が、いつもの語りで場を沸かせている。

「そしてこれが、シャーロットさんが初めて冒険者ギルドに持ち込んだ素材です！　どーん！」

「「「うおおおお!!」」」

「何度見ても凄い量だぜ！」

受付嬢がシャーロットのこれまでの功績を紹介するたびに、冒険者たちが大いに盛り上がる。

「そして今日は！　シャーロットさんが害獣駆除をした話をしましょう」

受付嬢が熱っぽく語り始める。

「ことの発端は昨日の朝。いつものように冒険者ギルドにサンドイッチを食べに来たシャーロットさん、レタスが入っていないことに気づきます。私は『畑を荒らしているモンスターがいて、農家さんはお金がなくてモンスター駆除依頼を出せない』という事情を話しました。するとシャーロットさんは『モンスターを退治しに行く』と言って、畑の方へ向かいました」

「ちょっと待ってくれよ、それじゃシャーロットさんはクエストを受注せずにモンスター駆除に向かったということか？」

受付嬢がニヤリと笑う。

「その通り。シャーロットさんは、なんと無償でモンスターの駆除に向かったのです！」

「「うおおおお!!」」

酒場が歓声に包まれる。

「そしてこれがシャーロットさんの討伐したラージラビットの討伐証明素材です！　どーん！」

受付嬢が、机の上に木箱を載せる。ガラス張りになっており、中には魔法で防腐処理されたラージラビットの耳が標本のように飾られている。

「すごい、これだけの数のラージラビットを……！」

「だけど、シャーロットさんは本当に無償でモンスターの駆除なんかしてつらくはないのか？」

と、1人の冒険者が疑問を口にする。

「そう！　気になりますよねその点！　私もシャーロットさんにそう聞いてみました！　すると……」

冒険者たちが、固唾をのんで聞き入る。

「シャーロットさんは一言『ワタクシにとっては、レタスの入ったサンドイッチが食べられることが何よりの報酬ですわ』、とおっしゃいました」

冒険者ギルドが、一瞬静まり返る。そして

「「かっっっけえええええぇ！」」

一気に沸き上がった。

「私にはわかります。シャーロットさんは『この街の皆様がこれまでと同じようにレタスを、野菜を食べることができたのであれば。皆様を栄養失調から救うことができたのであれば。ワタクシにとっては、それが無上の幸せですわ。金銭の報酬など不要ですわ』と言いたかったのだと」

受付嬢は熱弁する。

「そして、それを短く詩的に表現すると――」

「「『レタスの入ったサンドイッチが食べられることが何よりの報酬』‼」」

酒場にいた全員が、拳を上げて唱和する。

「強いだけじゃなくて、優しくて気高いぜシャーロットさん……! そして決めゼリフのセンスも最高だ。俺もあんな冒険者になってみてぇ!」

「さてここでみなさんに提案です! シャーロットさんの功績を讃《たた》えるために、ラージラビットの耳の標本を冒険者ギルドの壁に飾ろうと思うのですが、いかがでしょうか⁉」

「「「さんせーい!」」」

こうして、冒険者ギルドの壁にラージラビットの耳が飾られることになった。

# 第三章　野菜モンスターさんを食べますわ

「痛いッス！」

ある日のこと。

お家の台所の方から、マリーの悲鳴が聞こえましたわ。

「マリー、どうしましたの？」

「大丈夫ッスお嬢様。ちょっと指を包丁で切っちゃっただけッス」

様子を見に行くと、マリーが指を押さえていますわ。

「大変ですわ。すぐに絆創膏《ばんそうこう》を……」

その時。不思議なことが起こりましたわ。

マリーの傷が、みるみる治っていきますわ。あっという間に切ったはずの指が完治して、傷跡さえ見当たらなくなりましたわ。

「傷、治っちゃったッス……なんで？」

マリー自身も目をパチクリさせていますわ。

「マリー、あなたまだ歳《とし》は14でしたわね？」

「はいッス。ですから、自然治癒系ギフトが発現したわけではないッス」

不思議ですわ〜。

「お嬢様が来た途端に、傷が治り始めたッス。もしかしてお嬢様が周りを常時回復させる力でも持ってるんじゃないッスか？」

「まさか。そんなもの持ってはいませんわ。ではマリー、ワタクシは出掛けますわ」

「お嬢様、今日はどこに行くッスか？」

「ワタクシ、今日は野菜を食べに行きますわ！」

マリーが、不思議そうな顔で見上げていますわ。

「野菜なら、いつも食べてるじゃないッスか。今朝食べたサンドイッチにも入ってたッス」

「違うのですわ！　ワタクシは、野菜のモンスターを食べたいのですわ！」

ワタクシのギフト【モンスターイーター】で出てくるモンスターの料理は、普通の料理よりも格別に美味《おい》しいのですわ！

ですけど、ワタクシがコレまで食べてきたのはほとんどが狼《おおかみ》やウサギのお肉。

ワタクシお肉は大好きですわ。

でも、野菜も好きなのですわ！

野菜モンスターの料理がどんな味なのか、楽しみですわ〜。

「でも、野菜のモンスターなんて居るッスか？」

「ふふふ。心配はありませんわ。ワタクシ、モンスター図鑑で既に野菜のモンスターは見つけていますの」

ワタクシはアイテムボックスから、モンスター図鑑を取り出しますわ。

「じゃん！　これですわ、〝ジャック・オ・ランタン〟」

墓地に出没する、顔のついた浮遊するカボチャモンスターですわ。内部では炎が燃えていて、オレンジに光っているそうですわ。

「お化けじゃないッスか！」

「大丈夫ですわ。見た目がカボチャなのですから、きっとカボチャ味がするはずですわ～。場所は街のはずれにある墓地ですわ」

――1時間後。

「ワタクシ、迷子になってしまいましたわー！」

墓地にやってきたは良《い》いのですけれども、来た道が分からなくなってしまいましたわ。

周りを見渡しても同じ形の墓標がお行儀よく等間隔に並んでいるので、方角が分からなくなってしまいましたの。

「困りましたわね……」

とりあえず、あてずっぽうで歩いてみますわ。

もし幽霊が出たらどうしようかと少し心配しましたけれども、全然お見かけしませんわね。

代わりに、時折何かがチカチカと光ってらっしゃいますわ。

「なんだかわかりませんけど、墓地って意外と賑《にぎ》やかな場所ですわ～」

思ったよりも怖くないですわ。

「さぁ、ジャック・オ・ランタンさんを探しますわよ～」

と言っても、道が分かりませんので適当に歩くしかないのですわ。

どちらでしょう。

あっちをうろうろ。こっちをうろうろ。

今はまだお昼前。時間にたっぷり余裕はありますわ。

あら？

その時、ワタクシはモンスターさんの気配を感じ取りましたわ。

場所はすぐ近く。でも、モンスターさんは見当たりませんわ。

「とりあえず…… 〝パラライズ〟ですわ」

ワタクシは、気配のする場所に向かって麻痺《まひ》作用のある煙を放ちますわ。すると……。

〝ギャアアアアア！〟

軋《きし》むような悲鳴を上げて、顔の彫られたカボチャが地面に落っこちて来ましたわ。ジャック・オ・ランタンさんに間違いありませんわ！

「なるほど。姿を消す能力を持っていらっしゃるのですわね」

でも耳がいいワタクシには通じませんでしたわ～！

というわけで。

「〝プチファイア〟ですわ」

ジャック・オ・ランタンさんが炎に包まれますわ。

そして……

「カボチャのスープですわー！」

予想通りですわ！

ワタクシ、今朝からもうカボチャのスープの口になっていましたの。カボチャのスープ以外受け付けませんわ。

早速頂きますわ。

「美味しいですわ！」

口の中に温かさと甘みが広がりますわ。

これはもう止まりませんわ。

ゴクゴクですわ。

「そして今日は、こんなものも用意していますの」

ワタクシはアイテムボックスからパンを取り出しましたわ。

そしてパンを、スープに浸しますわ……！

え？　食べ方に品がないですって？

知ったことではありませんわ～！

周りに誰もいないのですから構いませんわ。

「ますます美味しいですわ～！」

パンの食感が加わったことで、ますます美味しくなりましたわ！　パンから〝ジュワッ〟と溢《あふ》れ出《で》るスープの旨味《うまみ》が最高ですわ～!!

『モンスターを食べたことによりレベルが上がりました』

『ジャック・オ・ランタン捕食ボーナス。魔法〝ステルス〟を修得しました』

そしていつもの耳鳴りですわ。

「今回は新しい魔法ですわ。どんな魔法なのか、楽しみですわ～……あら？」

ついていますわ！

もう1体、近くに同じ気配がありますわ！

「折角ですし、試してみますわ。〝ステルス〟」

魔法を発動した瞬間、ワタクシの身体《からだ》が透明になりましたわ。

自分の手も胴もなにも見えなくなりましたわ。

不思議ですわ～！

これでジャック・オ・ランタンさんからワタクシは見えなくなったはず。

そしてワタクシは耳がいいので一方的にジャック・オ・ランタンさんの居場所がわかりますわ。

足音を立てないようにコッソリ近づいて……。

〝プチファイア〟を使おうとして、ワタクシ一つ良いことを思いつきましたわ。

「〝プチアイス〟ですわ！」

ワタクシはあえて、さっきとは違う魔法を使ってジャック・オ・ランタンさんを倒しましたわ。

すると……。

「やりましたわ！　カボチャの冷製スープですわ！」

狙い通りですわ！

早速ワタクシは冷製スープを頂きますわ。

ひんやりとした食感がとても心地よいですわ。

温かいスープとはまた一味違った味わいですわ。

『モンスターを食べたことによりレベルが上がりました』

『ジャック・オ・ランタン捕食ボーナス。魔法〝ファイアーウォール〟を修得しました』

今度は、さっきと違う魔法を覚えられましたわ～。

同じモンスターさんでも、倒し方によってもらえる魔法が変わるみたいですわ。

これはモンスターさんを倒す方法を色々試してみたくなりますわ……。

〝バサッ〟

その時、空から音がしましたわ。

何かが羽ばたくような、力強い音ですわ。

モンスターさんの気配が、急激にこちらに近づいて来ますわ。

そして、ワタクシの目の前に重々しい音をたててモンスターさんが着地しますわ。

「あれは……石像、ですの？」

どう見ても、石でできたモンスターさんが現れましたわ。

体高はワタクシとさほど変わりないくらい。羽のついた、悪魔を象《かたど》った石像モンスターさんですわ。

「石像は、流石《さすが》に食べられませんわよね……？」

………………

…………

……

なんだかやる気が出ませんわ。

「食べられないと分かっているモンスターさんを相手にするなんて、気が乗りませんわ……」

正直申し上げて。

面倒ですわ。

たまにモンスターさんを手懐けてペットや家畜にする人がいらっしゃると聞いたことがありますわ。

でもあの石像モンスターさん、愛らしくもないし卵を生んだりするようにも見えませんわ。ペットにはしたくないですわ……。

「あの、石像モンスターさん？　ここで争ってもお互い何も得るものなんてないと思いますの。ここはひとつ穏便に、お帰り頂けませんこと？」

〝ゴアアアアアァ!!〟

駄目ですわ。

話が通じませんわ。

そして、石像モンスターさんが襲って来ましたわ。

〝シャアアアァ！〟

口から勢いよく水を噴き出して来ますの。直撃したらびしょ濡《ぬ》れになってしまいますわ。そんな状態で外を歩き回ったらワタクシ、風邪を引いてしまうかもしれませんわ。

「〝ファイアーウォール〟ですわ！」

ワタクシ、折角なので、覚えたての魔法を使ってみましたわ。

炎の壁が立ち上がり、水を全て弾きますわ。

「〝ステルス〟ですわ」

ワタクシは再び、魔法で姿を消しますわ。そして、ワタクシを見失ってキョロキョロしている石像モンスターさんの後ろから——

「〝プチファイア〟ですわ！」

魔法を思いきりぶつけましたわ。

〝ギャアアアアアァ〟

管楽器のような悲鳴をあげて、石像モンスターさんは炎に包まれて消えましたわ。

残ったのは、石で出来た翼だけ。いつものように料理は出てきませんでしたわ。

「……予想していたこととはいえ、がっかりですわ」

しょんぼりですわ。

それに。

「なんだか、眠くなってきましたわ……」

お昼ご飯を頂いてお腹《なか》がいっぱいになっていますし、朝から歩きっぱなしですし、普段ならお昼寝の時間ですし。

しかもここ、とても心地よい風が吹いていますの。

人もいなくて静かなのも良いですわ。

周りに沢山墓標が立っているのが玉に疵《きず》ですけれども。

そしてなんと、墓地の隅っこにちょうどいい大きさの切り株まで見つけてしまいましたわ。

「ちょっと腰掛けて目を閉じるだけ、ちょっと腰掛けて目を閉じるだけですわ……」

——3時間後。

「やってしまいましたわ……！」

熟睡でしたわ。

ぐっすりでしたわ。

でもおかげさまで眠気も疲れもスッキリ取れて元気になりましたわ。

空を見ると、日が傾きかけていますわ。

目当てのカボチャさんも食べたことですし、早く帰り道を見つけたいのですが……。

「どっちに行けばいいんですの～⁉」

右も左も墓標、墓標、墓標。

完全に迷子ですわ。

急に空気が冷えてきましたわ。もう少し厚着してくるべきでしたかしら。

そして、いつの間にか目の前に音もなく人影が立っていらっしゃいますわ。

フードで顔が隠れていて見えませんが、きっと人間ですわ。モンスターさん特有の気配もしませんし。

「そこのお方。ここから帰る道を探しているのですけれど、ご存じありませんこと？」

「■※△§Σ‰……」

まぁ、何を仰《おっしゃ》っているかまったくわかりませんわ。

「@Θ&ю¥！　ΣΣΣ！」

熱心に何か仰っているようですがさっぱりわかりませんわ～！

何語でしゃべってらっしゃるんですの～⁉

そして人影さんは、身をよじり始めますわ。

何やら、苦しんでらっしゃるご様子……。

「どうなさいました？　大丈夫ですの？」

「Δ@@@@！　≡╤Ë╤Ë！」

そして、音もなく走りだしましたわ。

「あ、お待ちになって！」

ワタクシも追いかけたのですが、見失ってしまいましたわ……。

「まぁ、どこへいかれたのでしょう……。あら？」

先ほどの方は見つかりませんでしたが、代わりに墓地の出入口が見つかりましたわ。

「こんなに近くにあったんですの～!?」

気付きませんでしたわ。

こういうわけで、ワタクシは無事に家に帰り着くことができましたわ。

---

シャーロット・ネイビー　ＬＶ51
◇◇◇パラメータ◇◇◇
○ＨＰ：48／48　○ＭＰ：77／77
○筋力：40　○魔力：64
○防御力：51（＋ボーナス１０５）　○敏捷《びんしょう》：34
◇◇◇スキル◇◇◇
○素敵ＬＶ8　○オートカウンター（レア）
○無限アイテムボックス（レア）　○状態異常完全遮断（レア）
○全属性魔法耐性（レア）　○オートヒールＬＶ10
◇◇◇使用可能魔法◇◇◇
○プチファイア　○プチアイス
○パラライズ
○ステルス［Ｎｅｗ!!］

---

## ○ファイアーウォール【Ｎｅｗ‼】

　夜の酒場は、珍しく静まり返っていた。

　集まった冒険者たちは、一言も発さず1人の男を見つめている。

「俺は今日、墓地でシャーロットさんを見かけてその活躍を見届けた。今から話すことは、誓って嘘《うそ》や作り話ではない」

　男は、恐る恐る話し始める。

「まず俺は、回復魔法で霊を祓《はら》うことを専門にしてきた冒険者だ。何度か死線を潜って一人前だという自負は十分にある」

「はい。この方は大ベテラン冒険者です。腕前は私が保証します」

　隣に立っていた受付嬢が付け加える。

「いま街の外れの墓地では、原因は不明だが幽霊が悪霊化して踏み入る人間を襲っている。俺も身を守るのに精いっぱいだった。だが、シャーロットさんはそんな墓地で平然と食事を取っていた」

「なるほど、食事は体調管理の基本。空腹では十分に能力を発揮できません。流石シャーロットさん、基本を怠らないとはお見事です」

　受付嬢が何度も頷《うなず》く。

「ちなみに、シャーロットさんは何を食べていたんですか？」

「カボチャの冷製スープだ」

「「「カボチャの冷製スープ⁉」」」

冒険者ギルド中が騒然とする。

「自宅で作っても結構めんどくさいカボチャの冷製スープを、悪霊の棲《す》む墓地で……⁉」

「私なんてこのあいだカボチャの冷製スープ作ろうとしましたけど、途中で面倒くさくなって温かいまま飲んじゃいましたよ」

「シャーロットさんにとっては、悪霊どもが棲む墓地でさえ自宅のキッチン同然ってことかよ⁉」

シャーロットが食べていたものの情報だけで、冒険者ギルドは大盛り上がりだった。

「驚くのはまだ早い。シャーロットさんは次に除霊を開始したんだ。マイナスの存在である悪霊を祓うには、プラスの力を持つ回復魔法を当てるのが一番手っ取り早い。これは皆、知っているな？」

周りの冒険者達《たち》は頷く。

「シャーロットさんは、何らかの回復スキルで見向きもせず周りの悪霊を片っ端から祓っていたよ。丁寧に同じ道を何度も行ったり来たりしながらな」

話を聞いている周りの冒険者達の興奮の熱は上がっていった。

「だが、墓地にいるのは幽霊だけじゃない。出たんだよ。〝ガーゴイル〟が」

「「「ガーゴイルだって⁉」」」

冒険者達が一斉に慌てる。

「ガーゴイルっていえば、翼の生えた悪魔の石像みたいな、あの超強固なモンスターだろ⁉」

「ガーゴイルと遭遇した途端シャーロットさんは消えて、次の瞬間にはガーゴイルの背後に立っていて――魔法1発でガーゴイルを木端《こっぱ》微塵《みじん》に破壊した」

「「「一撃で木端微塵に⁉」」」

「そして彼女は次に、近くにあった木の切り株に腰掛けて目を閉じて集中し、押し寄せてくる悪霊達を3時間もの間除霊し続けた。だが、ここで彼女の前に〝怨霊集合体〟が現れた」

　語る男の手は、震えていた。

「悪霊が集まって発生する〝怨霊集合体〟は密度が高いためほぼ実体化している。見た目はただのフードをかぶった人間に近いが、脅威度はただの悪霊とは比べ物にならない」

　額の汗を拭きながら男は語り続ける。

「〝怨霊集合体〟は、シャーロットさんに呪詛《じゅそ》を掛けた。常人なら即死するだろうが、彼女は平然としていた。そしてあっという間に〝怨霊集合体〟を完全に祓ってしまったんだ」

　冒険者ギルドの中に、拍手が満ちる。

「あの〝怨霊集合体〟が解き放たれていたら、この街は既に廃墟《はいきょ》になっていただろう。それを、誰にも語ることなく1人で片づけたシャーロットさんは、〝最高〟という言葉以外では言い表せないよ」

　そこで男は、自分の酒の注がれたグラスを手にとる。

「俺にできることはこれくらいしかない。街の英雄、シャーロットさんに乾杯」

「「「乾杯!!」」」

こうしてまたひとつ、本人のあずかり知らぬところでシャーロットの武勇伝が増えたのであった。

# 第四章　湖に棲《す》むモンスターさんを食べますわ

アウゼス王太子の一日は忙しい。

王太子の身でありながら、既に多くの仕事を現国王から任されている。今日も執務室の机で、山のように積まれた書類を涼しい顔でさばいていく。

公務が終わったのは日が暮れたころだった。彼は王宮の自室に戻り、一息つく。部屋には、使用人のセバスとアウゼス王太子だけだ。

「さてセバス……今日こそは、シャーロットさんにどうしたら振り向いてもらえるか考えなければならない」

さっきまで涼しげな顔で激務をこなしていた様子とは打って変わり、眉間に深い皺《しわ》を刻んでいる。

「どうしたら、どうしたらいいのか……。ああどうしたらいいんだあああ！　教えてくれセバス！」

「殿下、落ち着いてくだされ殿下！」

ベッドの上で転がり始めたアウゼス王太子をセバスが必死に止める。

「難しいことは考えず、デートにでも誘えばよろしいのではないでしょうか？」

「そんな、『デートしよう』だなんて大胆なことを言う度胸、僕にはないんだ。そんなにはっきり誘って嫌われたらどうすればいいんだ」

アウゼス王太子は唇を噛《か》む。

「僕は、無力だ……。シャーロットさんに振り向いてもらうことも、デートに誘うこともできない。僕にできることと言えば、2年で国内総生産額を1・2倍にすることぐらいしか……！」

「十分凄《すご》いですぞ殿下！　というか凄すぎますぞ殿下！　胸を張ってくだされ！　国民みな生活が豊かになったのを実感しておりますぞ！」

セバスが必死にアウゼス王太子を励ます。

――3時間後。

「この作戦なら完璧だな」

アウゼス王太子は、作戦を練り上げていた。

「最近シャーロットさんはモンスターの棲む森を散歩しているらしい。彼女がモンスターに襲われたところを、仮面を着けた僕が助ける。彼女は安心して気が緩む。その時、僕が仮面を外して正体を明かす。これで、シャーロットさんは僕を異性として意識してくれるはずだ」

「完璧な作戦でございます、殿下」

――翌日。

「全員、準備は良《い》いな」

シャーロットが住む街の森の、その傍《かたわ》ら。

王国騎士団の精鋭達《たち》が集結していた。

中心にいるのは、アウゼス王太子だ。今日は夜会用の仮面を着けている。

「それでは、今回の任務について内容を再確認する。ターゲットは、シャーロット・ネイビー。本作戦では彼女に気付かれぬよう尾行しモンスターに襲われたときに護衛する。彼女の安全が最優先事項だ」

　騎士達が頷《うなず》く。

「ターゲットを助ける役は、僕に任せてほしい。君たちは作戦中万一の際の僕の護衛を務めてくれ」

「「「了解!!」」」

　アウゼス王太子としては、1人でシャーロットを尾行して助けたいというのが本音である。

　だが、王太子という身分であるアウゼスはモンスターの出現する森に護衛無しで入ることなど、到底許されない。こういった事情から、王太子は騎士達と共に森に入ることにした。

　一方の騎士達も、当然これが王太子の私用であることを理解していた。そしてその上で、『殿下のお役に立てるなら本望です。任務に就かせていただいてとても光栄です』とまで思っていた。

「殿下、ターゲットが森に入ります」

　双眼鏡を手にした1人の騎士が報告に来る。

「よし。では……任務開始！」

　アウゼス王太子と護衛達が、気配を消しながらシャーロットの後を尾《つ》けていく。

　突然、森の中でシャーロットが足を止めた。何かするつもりかとアウゼス王太子が身構えた時。

「敵襲です！」

　騎士の1人が叫ぶ。同時に、異形のモンスターが空から急降下してきて地響きと共に着地する。

　上半身はグリフォンだが、下半身は馬という奇妙な姿をしていた。

「ヒポグリフか。なぜこんなところに……！」

アウゼス王太子と騎士達は、不測の事態にも動揺しない。すぐに騎士全員がアウゼス王太子を守る陣形を取る。

「どこから来たかは分からないが。明らかに僕を狙っているな」

『ケエエェン!!』

ヒポグリフが甲高い声をあげて突っ込んでくる。大盾を持った騎士が、強烈な体当たりで吹き飛ばされた。

ヒポグリフが、クチバシと爪による重い連続攻撃によって次々と騎士達を倒していく。

「くぅ……！」

護衛を失ったアウゼス王太子が抜剣してヒポグリフと打ち合う。剣とクチバシが交錯し、甲高い音が森に響き渡る。

アウゼス王太子の胸に、ヒポグリフが馬の足で強烈な蹴りを見舞う。

「ガハッ……！」

アウゼス王太子が近くの木に叩《たた》きつけられる。衝撃で着けていた仮面が落ちた。体に力が入らず、落とした剣を拾い上げることさえできなくなっていた。

ヒポグリフがゆっくりと近づいてくる。アウゼス王太子が死を覚悟したその時。

「〝プチファイア〟ですわ」

突如、とんでもないエネルギーを秘めた火球が飛んできた。アウゼス王太子は、押し寄せる熱風から顔を庇《かば》う。

次に彼が目を開けた時、ヒポグリフは完全に消し飛んでいた。

「凄い驚きようですわね。モンスターを見るのは初めてですの？」

のんびりした声と共に現れたのは、夜会用の仮面を着けた若い女性だった。モンスターの出る森には似つかわしくないドレスで着飾っている。

「君が、助けてくれたのか……」

「みなさま、お怪我《けが》がないようで何よりですわ」

言われて王太子は、自分の怪我がいつの間にか完全に治っていることに気づく。見渡すと、倒れていた騎士たちの怪我も完治していた。

「とにかく、助かりました。レディ、もしよろしければお名前を伺っても？」

「名前ですって？　ふふふ」

仮面の女性は楽しそうに笑い、夜会用の仮面を外す。

「じゃーん、ワタクシでした♪」

仮面を外して正体を現したのは、シャーロットだった。

「シャーロットさん!?　な、なぜ君が!?」

モンスターに襲われ、死を覚悟した極限の緊張状態。そして一転して、謎の女性に助けてもらって王太子の心は弛緩《しかん》しきっていた。

そこへ、不意打ちの一撃。

そんなものを喰《く》らえばどうなるか。

ズキューン！　という音がアウゼス王太子にははっきりと聞こえた。

それは、恋の音だった。

奇《く》しくも、『シャーロットさんをモンスターから助けて、シャーロットさんが安心したときに正体を明かして好きになってもらう』という作戦を完全にアウゼス王太子が逆に喰らった形だった。

「まぁ。やっぱり気づいてなかったのですわね？　この仮面、近くの雑貨屋さんでたまたま見つけたのですわ。デザインが可愛《かわい》くて一目惚《ひとめぼ》れしてしまいましたの。どう、似合いますかしら？」

シャーロットが再び仮面を身に着ける。

「か、かわいい……」

アウゼス王太子は、恍惚《こうこつ》としていた。心拍数が異常に上がっている。目の焦点も合っていない。

「では、ワタクシはこれで失礼しますわ。ごきげんよう、殿下」

アウゼス王太子は、颯爽《さっそう》と去っていくシャーロットの背中をただ見つめることしかできなかった。

シャーロットは、ヒポグリフがいた場所にあった、大量の肉が載った皿を持っていったのだが、そんなものはまるで王太子の視界に入っていなかった。


「お肉、お肉、オオカミさんのお肉～♪」

街のはずれの森の中。

今日もワタクシ、この森にオオカミさんのお肉を食べに来ましたの。

ワタクシ最近、ランチは森で摂《と》るのが習慣になっていますわ。

モンスターさんのお肉は、とびきり美味《おい》しいのですもの。癖になってしまいますわ。

最近食べ過ぎたのか、森のモンスターさんが少なくなっているのが残念ですけれども……。

ということで今日も、森の奥までやってきましたわ。

「あら？」

その時、ワタクシは新しいモンスターさんの気配を察知しましたわ。1体のモンスターさんが、凄いスピードで空を飛んできますわ。

そして、大きな音を立てて着地。

「すぐ近くですわね」

一体どこから来たのでしょう。それにどんなモンスターさんなのかしら。楽しみですわ。

「お肉、お肉、新しいモンスターさんのお肉～♪」

ワクワクですわ。

モンスターさんのいた場所に着くと、大きなモンスターさんがいらっしゃいましたわ。

上半身はトリ。下半身は馬。

「変わったモンスターさんですわ～」

そしてその近くで尻もちをついてらっしゃるのは……幼《おさな》馴染《なじみ》のアウゼス殿下ですわ。

何をしにこんな森の奥にいらっしゃったのかしら。

周りには、殿下の護衛の騎士さん達も尻もちをついてらっしゃいますわ。

無理もありませんわ。

モンスターさんって、とても見た目が怖いですもの。

ワタクシも初めてスライムさんや狼《おおかみ》さんに出くわしたときは、とても怖かったですわ。

モンスターさんというのは、本当は噛まれても全然痛くないし、魔法を1回当てたらお亡くなりになってしまうか弱い生き物なのですけど。見た目だけは怖いですもの。

モンスターさんに初めて会う殿下が、ビックリして腰を抜かしてしまうのも無理はありませんわ。このまま放っておいたら、慌てて逃げようとして転んでしまうかも知れませんわ。殿下ってば間の抜けた人なのですから。

助けてあげないと、ですわね。

「〝プチファイア〟ですわ」

ワタクシはいつものように魔法でモンスターさんをやっつけますわ。

近くにいたアウゼス殿下は、ぽかーんとしてさっきまでモンスターさんがいらっしゃった場所を見つめていますわ。

……もしかして殿下、魔法を見たことがおありでないのかしら？

それとも、ワタクシのギフト【モンスターイーター】の効果で出てきたお料理に見とれているのかしら？

ダメですわ殿下、これはワタクシのごはんですわ〜！

「凄い驚きようですわね。モンスターを見るのは初めてですの？」

「君が、助けてくれたのか……」

「みなさま、お怪我がないようで何よりですわ」

殿下も周りの護衛さん達も、尻もちをついたときに怪我をしていないかと心配したのですが、大丈夫みたいですわ。

「とにかく、助かりました。レディ、もしよろしければお名前を伺っても？」

「名前ですって？　ふふふ」

ワタクシ実は、普段着ないパーティー用ドレスと夜会用の仮面を着けていたのですわ。

侯爵家を追放されてしまったワタクシは、もう社交界のパーティーにお呼ばれすることはありませんわ。ですけれども、着る機会がないからといってタンスに仕舞い込んだままではせっかくのドレスが可哀想ですもの。そこでワタクシ、偶《たま》にこうしてドレスで着飾って出かける日を作ろうと思い立ったのですわ。

「じゃーん、ワタクシでした♪」

「シャーロットさん!?　な、なぜ君が!?」

「まぁ。やっぱり気づいてなかったのですわね？　この仮面、近くの雑貨屋さんでたまたま見つけたのですわ。デザインが可愛くて一目惚れしてしまいましたの。どう、似合いますかしら？」

「か、かわいい……」

やはり殿方にもこの仮面のデザインの可愛さは伝わりますのね。

「では、ワタクシはこれで失礼しますわ。ごきげんよう、殿下」

ワタクシは、モンスターさんから生まれた料理を持って早々にその場から立ち去りますわ。

そそくさですわ。

長居して料理に関心を持たれても困りますもの。

これはワタクシの料理ですわ。

独り占めですわ～！

そもそもワタクシ以外、この料理を食べることができませんし？

――5分ほど歩いて、周りに誰もいない場所に移動しましたわ。

いよいよ実食ですわ！

今回のお料理は、カットステーキの盛り合わせですわ！

ワクワクですわ。

さっき倒した上半身は鳥、下半身は馬のモンスターさん。いったいどんなお味なんでしょう。

「鶏肉《とりにく》味なのか馬肉味なのか、楽しみですわ～！」

実はワタクシ、一度も馬肉というものを食べたことがありませんの。

侯爵家にいたころは、移動はいつも馬車でしたわ。

お馬さんの力強く走る姿が、ワタクシはとても好きでしたわ。

力強い太腿《ふともも》。優雅な曲線。お馬さんを見るたびワタクシこう思っていましたわ。

『あの脚のお肉、食べてみたいですわ』と。

その話を乗馬好きのお父様にしたところ……
とっても怒られましたわ。
数時間にわたって怒られましたわ。
二度とこの話はするまいと固く誓いましたわ。
という訳で、実食ですわ～！
お皿には、白っぽいステーキと赤っぽいステーキが載っていますわ。
ではまず白っぽい方から頂きますわ。
「――美味ですわ～！」
味は完全に鶏肉ですわ。
まごうことなくチキンステーキですわ。
鶏肉らしいさっぱりとした美味しさ。
たまりませんわ～！
期待を裏切らない鉄板の味。
ああもう、いくらでも食べられてしまいますわ！
でも名残惜しいですけど、ここで一度手を止めて。
――いよいよ、赤っぽい方のステーキを食べていきますわ。
白っぽい方は鶏肉でしたから、きっとこちらが馬肉ですわ。
脂がのっていて、とてもおいしそうですわ。

ワクワクですわ。

「念願の馬肉、頂きますわ～」

〝ふわぁっ〟

消えましたわ。

ワタクシのお口の中で、お肉がとろけて消えましたわ。

なんて……

なんてあっさりした脂なんでしょう！

矛盾するようですが。

この馬肉ステーキ、脂たっぷりなのにとてもあっさりしていますわ！

まず美味しいものというのは、大抵脂で出来ていますわ。

ただし脂っこいものを食べると当然、口の中に脂っこさが残りますし、胃が重くなってしまいますわ。

しかしこの馬肉は！　脂の旨味《うまみ》がありながら口の中に嫌な脂っこさが残らない！　いいとこどりですわ！

「こんなの反則ですわ～！」

そして馬肉に慣れた口に今度は鶏肉を入れると。鶏肉のジューシーさが染みわたりますわ！

鶏肉と馬肉。交互に食べることで無限に美味しいですわ！

パクパクですわ！

さっきのモンスターさん、まるで丸ごとステーキにされるために生まれてきたかのような存在ですわ。

ステーキを口に運ぶ手が止まりませんわ～！

「……完食ですわ」

ワタクシ、大満足ですわ～！

『ボスクラスモンスター〝ヒポグリフ〟を食べたことによりレベルが5上がりました』

『ヒポグリフ捕食ボーナス。風属性魔法〝トルネード〟を修得しました』

そしていつもの耳鳴りですわ。

---

シャーロット・ネイビー　ＬＶ56

◇◇◇パラメータ◇◇◇

○ＨＰ：52／52　○ＭＰ：83／83

○筋力：44　○魔力：69

○防御力：56（＋ボーナス１０５）　○敏捷《びんしょう》：37

◇◇◇スキル◇◇◇

○素敵ＬＶ８　○オートカウンター（レア）

○無限アイテムボックス（レア）　○状態異常完全遮断（レア）

---

○全属性魔法耐性（レア）　○オートヒールＬＶ10（レア）
◇◇◇使用可能魔法◇◇◇
○プチファイア　○プチアイス
○パラライズ　○ステルス
○ファイアーウォール　○トルネード［Ｎｅｗ‼］

---

今度は風属性魔法が使えるようになりましたわ。

「折角だし、試してみますわ。〝トルネード〟ですわ」

ビュオオ、と。

ワタクシの目の前で風が巻き起こりますわ。風は森に落ちていた落ち葉や木の枝を巻き上げながら、大きな渦になりますわ。森の木も折れそうなほどの勢いですわ。

「まぁ、凄い勢いですわ。でもこの魔法……ハズレですわ」

ワタクシのギフト【モンスターイーター】は、モンスターを倒す魔法の種類によって出てくる料理が変わりますわ。

ジャック・オ・ランタンさんを炎属性魔法で倒すと温かいスープに、氷属性魔法で倒すと冷製スープになるように。

でも、風を使って料理することなんてありませんもの。この魔法でモンスターを倒しても、きっと何の料理も出てきませんわ。

「しょんぼりですわ……」

その時でしたわ。

「あら、この気配は……」

これまであんまり来たことがない方へ歩いてきたからか、これまで感じたことのないモンスターさんの気配を察知しましたわ。大体ここから1キロほどでしょうか。

特別大きな気配ではありませんけど、折角なので食べてみたいですわ。

「何体かいらっしゃいますわね。なんでしょう、この不思議な動き方は……」

ワタクシ、早速気配のする方へ向かいましたわ。

「湖ですわ～！」

森の中に、大きな湖がありましたわ。

こんな場所があるなんて、ワタクシ初めて知りましたわ。気配はどうやら水中のご様子。

「水棲《すいせい》モンスターさんを食べるのは初めてですわ。楽しみですわ～。〝プチファイア〟ですわ！……あら？」

ワタクシ湖の中のモンスターさんの気配に向けて魔法を放ったのですが、水に阻まれて魔法が届きませんわ。

むむむ……。

「モンスターさんがすぐそこにいるのがわかっているのに、もどかしいですわ」

どうしたものでしょう……。

と、その時。

近くの茂みから、バッタモンスターさんが飛び出してきましたわ。

気配でいるのはわかっていましたけれども、特に気にしていませんでしたわ。あまりに小さいですし、襲ってくる様子もなかったですもの。

「そうだ、いいことを思いつきましたわ」

……念のために申しておきますけど、食べるわけではありませんわよ？

ワタクシなんでも好き嫌いなく食べる方なのですが、バッタは食べませんわ……。

ワタクシ、

・虫モンスターさん
・ネズミなどの雑菌を持っている可能性が高い不潔なモンスターさん
・人型モンスターさん
・人の言葉を喋《しゃべ》る知性あるモンスターさん
・無機物モンスターさん

は食べないと決めていますわ。

……逆に、コレ以外のモンスターさんは全部食べてみたいと思っていますわ。

目指せコンプリート、ですわ！

ちなみに後で知ったのですけれども、以前墓地で遭遇した石像モンスターさんはガーゴイルという名前で、石に見えますけれども実は肉質が硬いだけで石ではないそうなのですわ。

次に会った時は食べてみたいですわ～。

どんな魔法なら調理できるか、ワクワクしながら考えていますわ。

さて話を戻しまして。

ワタクシ、目の前のこのバッタモンスターさんを食べるつもりはありませんわ。

このモンスターさんを餌に、釣りをするつもりなのですわ。

お父様は狩りが好きでしたけれど、同じくらい釣りも好きでしたの。ワタクシもよく付き合わされていましたわ。

避暑地にある別荘の隣にはネイビー侯爵家専用の釣り用の池があったくらいですわ。

ですから、一通りのやり方はわかりますわ。

「こんなこともあろうかとワタクシ、雑貨屋さんで買った釣竿《つりざお》をアイテムボックスに入れて持って来たのですわ～」

「〝プチアイス〟ですわ」

まずは氷魔法でバッタモンスターさんを倒しますわ。

そして、残った素材を釣り針につけて行きますわ。

なるべくバッタモンスターさんに触りたくないですわ。指先で針を持って、触らないようにしながら引っ掛けて……。

できましたわ！

そして次に餌を投げ込むポイントを決めるのですけれども……。

気配でモンスターさんの居場所がわかるの、とっても便利ですわ～。

魚釣りで一番苦労するのは、魚がどこにいるか見定めることですもの。お父様もきっと羨ましがりますわ。

「行きますわよ～！」

ワタクシは餌を投げ込みますわ。

……気配でわかりますわ。モンスターさんが、餌に興味を示しているのが。

餌の近くで静止して、様子を見ていますわ。

……そして。

〝バシャア！〟

「掛かりましたわ～！」

水飛沫《みずしぶき》を上げて、モンスターさんが水面から勢いよく飛び出して餌に飛び付きましたわ。

掛かったのは大きな魚モンスターさんですわ。色からして、マスのようなモンスターですわ。これは味の方も期待できますわね。

大きさも申し分ありませんわ。なんと大きさはワタクシよりも大きいくらい。これは料理のボリユームも期待できますわ～！

「あっ」

そこでワタクシ気づきましたわ。

……これ、力負けして逆にワタクシが水中に引《ひ》き摺《ず》り込《こ》まれるのでは？

「水浸しになるのは嫌ですわ～！」

ワタクシ、必死になって渾身《こんしん》の力で竿を引きますわ。すると。

〝バッシャアアアン！〟

あら？

マスモンスターさんが水面から勢いよく飛び出して、陸に打ち上げられますわ。

「なんでですのー⁉」

ワタクシそんなに力は強くありませんわ。お屋敷《やしき》にいた頃にも、力仕事は全部使用人に任せていましたもの。

ワタクシが力を込めたタイミングでたまたまマスモンスターさんが跳ねたのかしら？

……ラッキーですわ～！

「さてマスモンスターさん、陸に上がってしまったからにはもう抵抗は出来ませんわ～」

マスモンスターさんは、地面の上でピチピチ跳ねることしか出来ませんわ。

「さぁ美味しい魚料理になってくださいまし！　〝プチファイア〟ですわ！」

ワタクシは火でマスモンスターさんを焼きますわ。

現れたのは……。

「ムニエルですわ～！」

ジュルリ。

思わず涎《よだれ》が垂れてしまいそうなくらい美味しそうですわ。早速テーブルと椅子を用意して――

「頂きますわ！」

〝ふわっ〟

すごく食感が柔らかいですわ～！

この魚モンスターさん、やはりマスに似た味わいですわ。

海を巡ったサーモンは身が引き締まっていますが、一生を湖で過ごすマスは柔らかな食感が特徴ですの。どちらが美味しいと感じるかは人によりますわ（ちなみにワタクシはどちらも好きですわ、優劣などつけられませんわ）。

そしてワタクシ、マスのこのパリッとした皮も好きなのですけれども何よりもエラの下の所の脂が乗った所が好きですわ。

美味しいものは脂肪か糖で作られている。この世の真理ですわ。

ワタクシのギフト【モンスターイーター】で出てきた料理は、普通の料理のおよそ5倍美味しいですわ。

更にバターの香りで食欲が増して美味しさ倍増！

そしてエラの下の部位は美味しさ2倍！

自分で釣ったお魚はさらに2倍美味しく感じられますわ！

合計１００点中４０００点の味ですわー！

パクパクですわ！

『モンスターを食べたことによりレベルが上がりました』

『キングトラウト捕食ボーナス。水属性魔法〝ウォーターショット〟を修得しました』

あら、また使える魔法が増えましたわ。

「早速試してみますわ。〝ウォーターショット〟」

ワタクシの手から、一直線に水が飛び出しましたわ。

この魔法を使って、一体どんなお料理が作れるかしら。あまり思いつきませんわ。

それはさておき。

「お代わりですわ！」

あまりの美味しさにあっという間にお皿が空《から》になりましたのでこれはもうお代わりしないのは無理という訳ですわ。

「さぁ、２匹目を釣りますわよー！」

ワタクシ、さっきと同じようにモンスターさんの気配のすぐ近くに釣り餌を投げ込みますわ。

しばし、沈黙。

「今度はすぐ食いついてきませんわね……」

モンスターさん、お腹《なか》が空いてらっしゃらないのかしら。穏やかな時間が流れていきますわ。

ワタクシは湖のさざなみを眺めていますわ。頬を撫《な》でる風がとても心地よいですわ。

……こうしていると、お父様と一緒に釣りをしていた頃を思い出しますわ。

お父様に教えてもらいながら湖に糸を垂らしている時間が、ワタクシはとても好きでしたわ。

「たまには、こうやって静かにのんびり過ごすのも良いかもしれませんわね」

ワタクシ、のんびりと魚モンスターさんが食いつくのを待つことにしましたわ。

……5分経過。

「今度はなかなか釣れませんわね……」

焦らず、のんびり待ちますわ。

……10分経過。

「どうして食いついてくれませんのかしら……」

ダメよ焦っては。お父様もおっしゃっていたわ。釣りとは、根気が求められるものなのだと。

……30分経過。

「ダメですわぜんっぜん釣れませんわこんな効率の悪いことやってられませんわ！」

早くムニエルが食べたいですわー！

ワタクシ先ほど、『たまには、こうやって静かにのんびり過ごすのも良いかもしれませんわね』と言いましたかしら？

嘘《うそ》ですわ～!!

ワタクシ早くムニエルが食べたくて仕方ありませんわ。いてもたってもいられませんわもうこうなったら手段は選びませんわ！

「〝トルネード〟ですわ！」

風が巻き起こり、湖の水を巻き上げていきますわ。そして、お魚モンスターさんも。

空を沢山のお魚モンスターさんが舞う、夢のような光景ですわー！

ひとつ思い出しましたわ。

ワタクシ、お父様と釣りをしている時間も楽しかったですが、そのあと釣った魚を食べている時の方がずっとずーっと楽しかったですわ！

魔法を解除しますわ。風が止《や》んで、湖の畔《ほとり》に沢山のお魚モンスターさんが落ちてきますわ。

〝ビチビチビチ!!〟

ああ、素晴らしい眺めですわ……。

「あら、モンスターではない普通のお魚さんもいますわね」

マリーに晩御飯にムニエルか何かにしてもらいましょうかしら。マリーもきっと喜びますわ〜。

普通の魚はアイテムボックスにしまっておいて、と。

マスモンスターさんを頂きますわ！

「ムニエル♪　ムニエル♪　ムニエル祭りですわ〜！」

打ち上げられているマスモンスターさんは５匹。

「頂きますわ〜！」

『モンスターを食べたことによりレベルが上がりました』

『キングトラウト捕食ボーナス。水属性魔法〝ウォーターショット〟の威力が向上しました』

『モンスターを食べたことによりレベルが上がりました』

『キングトラウト捕食ボーナス。水属性魔法〝ウォーターショット〟の威力が向上しました』

『モンスターを食べたことによりレベルが上がりました』

『キングトラウト捕食ボーナス。水属性魔法〝ウォーターショット〟の威力が向上しました』

『モンスターを食べたことによりレベルが上がりました』

『キングトラウト捕食ボーナス。水属性魔法〝ウォーターショット〟の威力が向上しました』

「さぁ、最後の1匹ですわ……あら？」

このマスモンスターさん、他の個体に比べて色が違うというか……。

「なんだか金色に輝いてらっしゃいますわ⁉」

ピカピカですわ。

これは味の方にも期待が持てますわ。

「〝プチファイア〟ですわ」

焼き上がったムニエルも、なんだか輝いているように見えますわ。

早速頂きますわ。

パクリ。

これは……。

「ゴージャスですわ⁉」

すごく、説明が難しいのですが。

なんだかとっても、ゴージャスな味がしますわ！　口の中で光り輝くような、黄金の味がしますわ。

重厚で、それでいて濃すぎず上品な味わい。さっきまで食べていたマスモンスターさん達も美味しかったのですが、この金色のマスモンスターさんは頭ひとつ抜けて美味しいですわ。

パクパクですわ！

『レアモンスター〝ゴールデントラウト〟を食べたことによりレベルが5上がりました』

『ゴールデントラウト捕食ボーナス。水属性魔法〝バブル〟を修得しました』

---

シャーロット・ネイビー　ＬＶ66

◇◇◇パラメータ◇◇◇

○ＨＰ：60／60　○ＭＰ：96／96

○筋力：51　○魔力：80

○防御力：65（＋ボーナス１０５）　○敏捷：43

◇◇◇スキル◇◇◇

○索敵ＬＶ８　○オートカウンター（レア）

○無限アイテムボックス（レア）　○状態異常完全遮断（レア）

○全属性魔法耐性（レア）　○オートヒールＬＶ10

◇◇◇使用可能魔法◇◇◇

○プチファイア　○プチアイス

○パラライズ　○ステルス
○ファイアーウォール　○トルネード
○ウォーターショット（威力＋4）［New‼］
○バブル　［New‼］

---

また新しい魔法ですわ。早速試してみますわ。

「水属性魔法〝バブル〟発動ですわ」

ぷくぅ、と。

ワタクシの周りを巨大な水の膜が包み込みますわ。大きさは……今のお家が丸ごと入るくらいでしょうか。大きいですわ。

「なるほど、ワタクシを巨大な泡で包んで守ってくださる魔法ですのね」

膜を突っついてみると、ぶよんという感触がいたしますわ。シャボン玉のように見えて、中々頑丈なようですわ。

「でもこの魔法、使い道がイマイチ思いつきませんわね……あら？」

その時ワタクシは気づきましたわ。

泡の範囲が湖に掛かって、湖の水を押しやっていますわ。

ワタクシが近づくと、泡も一緒に移動しますわ。そして、湖の底もどんどん露《あら》わになっていきますわ。

「えいっ」

ワタクシ思い切って、湖の底に足を踏み入れますわ。少し濡《ぬ》れていますが、問題なく歩けそうですわ。

「もしかしてこの魔法を使えば、湖の中をお散歩できるんじゃないかしら」

そうと決まれば早速出発ですわ～！

ワタクシ、湖の中の方へと歩いて行きますわ。

水深が深くなって、水が完全に泡を覆っても全然問題ないようですわ。

どんどん深いところまで行きますわ～。

揺れる藻や泳いでいる小魚を眺めながら、のんびりとお散歩いたしますわ。

この魔法、とっても便利で楽しいですわ～。

ワタクシ、鼻歌を歌いながら湖の底をお散歩いたしますの。

「あら、またモンスターさんの気配が近づいてきますわ」

湖の底の方でじっとしている気配があると思っていましたけれど、まさかあちらからきてくださるなんて。

ラッキーですわ～！

「あれはナマズさんでしょうか？」

ワタクシを丸ごと飲み込めそうなほど大きなナマズモンスターさんが、こちらに向かってやってきますわ。

大きいですわ。

昔、お父様が教えて下さいましたわ。

ナマズさんは目が悪い代わりに、ヒゲと全身の感覚器官を使って周りのモノを認識しているらしいですわ。

きっとあのヒゲでワタクシを見つけて、丸《まる》呑《の》みにしてやろうとやってきたのでしょう。

でも残念ですわ。

〝スポーン〟

ワタクシに近づいたナマズさんは、泡の膜を突き破り中に入ってきますわ。でも当然中には水がないので、ナマズモンスターさんはワタクシの前で跳ねる事しかできませんわ。

〝ビチビチビチ！〟

自滅ですわ。

「では早速頂きますわ。〝プチファイア〟ですわ」

さっきのマスモンスターさんたちと同じように、魔法で焼いて頂くことにしますわ。

現れたのは……。

「フライですわ⁉」

ついにきてしまいましたわね、揚げ物。

先ほども申し上げました通り、美味しいものというのは脂肪と糖分で作られていますわ。

裏を返せば。

油たっぷりである揚げ物は、美味しいに決まっているということですわ。

どんな食材でもフライにすれば美味しく食べられるのですわー！

しかし、不安要素はありますわ。

お父様曰《いわ》く、ナマズとは食用に適さない魚なのだそうですわ。

ワタクシ釣りをしていて何度か、狙っていなかったナマズを釣ったことがあったのですが。お父様に湖に返されてしまいましたわ。

食べてみたかったのに……。

「というわけで、頂きますわー！」

ワタクシ、ナマズさんのフライを口に運びますわ。

「これは……」

さっくさくですわ！

なんて上質な白身肉なのでしょう！

きめ細やかで上品な身が舌の上で踊っていますわ！

そして油で揚げられたことによる香ばしさ！

たまりませんわー！

こんなに美味しいのに食用に適さないなんて、そんなはずありませんわー！

お父様、もしかしてワタクシに嘘をついていたのかしら。

『ナマズは平べったい顔で不細工だしヌメヌメしていて気持ち悪いから食べたくないな。シャーロットにも嘘を教えて食卓に出ないようにしておこう』

だなんて、お父様が考えるはずが……。

ありますわ。

お父様、食わず嫌いが多いタイプでしたもの。

それくらいの嘘、ついていてもおかしくありませんわ。

お父様の嘘つきー！

あの日のナマズ、返して下さいましー！

……気を取り直しまして。

今のこの手元にあるナマズさんのフライを美味しく頂くことに専念しますわ。

「ほんっとうに美味ですわ……！」

パクパクですわ！

『モンスターを食べたことによりレベルが上がりました』

『デーモンキャットフィッシュ捕食ボーナス。常時発動スキル〝ナイトビジョン〟を修得しました』

そしていつもの耳鳴りですわ。

「……あら？　辺りが急に明るくなったような……？」

湖の深いところに来るにつれて、段々と陽の光が届かなくなって薄暗くなってきていましたの。

それが今、パァっと明るくなりましたわ。

……いえ、違いますわ。これは、ワタクシの目が良くなったのですわ。

「なるほど、これがお魚さんの力ですのね」

お魚さんには、健康に良い栄養素がたっぷりと含まれていますわ。

特に目玉の周りにはナントカ……名前は忘れましたけれども、体に良い栄養素がたっぷりと含まれていますわ。それに皮にもとても身体《からだ》によい栄養素がありますの。

とにかく、お魚は健康に良いということですわ！　お魚を食べると大抵の身体の不調はなんとかなるのですわ。

ワタクシの目が良くなったのも、きっとお魚さんの栄養によるものですわ！

「ゲホッゲホッ」

その時、近くで咳《せ》き込《こ》む音が聞こえましたわ。いつの間にやら、近くに上品な身なりのご婦人が倒れていらっしゃいましたわ。

透明感のある白い肌と白いワンピース。長い髪もサラサラでとても美しい方ですわ。

……どうしてこんなところにご婦人がいらっしゃいますの？

ここ、湖の底ですわよ⁉

ご婦人がよろめきながら立ち上がりますわ。

「先ほど助けていただいた湖の妖精です。この度は本当にありがとうございました」

「貴女《あなた》を助けた？　ワタクシが？」

「はい。うっかり大ナマズに飲み込まれて、もうだめかと思っていたところを、貴女に助けていただきました。本当に、何とお礼を申し上げていいやら」

湖の妖精さんは何度も頭を下げなさいますわ。

「湖の妖精さんが湖のモンスターに食べられてしまうなんて、そんなことあるのですの？」

「それがあるのです。湖に棲む妖精には、割とよくあることなのです」

よくあるらしいですわ。

「御礼《おれい》にこれを差し上げましょう」

そう言って妖精さんが差し出してきたのは——剣ですわ。刃がうっすらと光っていまして、なんだか神々しさすら感じてしまうほどですわ。

「これは、見事な剣ですわね……」

「ふふ、そうでしょう。湖の妖精が鍛えた剣は特別なのです」

この国には、英雄が湖に棲む妖精から剣を授かったという伝承がいくつか残っていますわ。ずっと作り話だと思っていましたけれど、まさか本当でしたなんて。

妖精さんから剣をいただけるだなんて、まるで英雄になったみたいでとても光栄ですわ。

ですけれども。

「ありがたいお話ではありますけれども、遠慮させて頂きますわ」

ワタクシ、剣など頂いても使い方が分かりませんわ。相手を斬る前に、自分の体を傷つけて怪我してしまいそうですわ。

「う、受け取って下さらないのですか……？」

湖の妖精さん、とても悲しそうな顔をなさいますわ。うう、そんな顔をされたら困ってしまいますわ。

「で、でもワタクシ、剣など使ったこともありませんし……」

「ご自分で使わないということであれば、売ったり他の方に譲ってもらっても構いません。どうかお受け取り下さい」

湖の妖精さんは、きっと伝説に残るような剣を作れることを誇りにしているのですわね。要らないと断ってしまうことは、妖精さんの誇りを傷つけてしまうことになりますわ。

ここは受け取っておく方が妖精さんのためになるのでしょう。

「わかりましたわ。この素敵な剣、ありがたく頂戴いたしますわ」

「はい！　どうぞお受け取り下さい！」

どうしましょうどうしましょうどうしましょうコレ！

こんな貴重なもの頂いても、もてあましてしまいますわ〜！

売ってもいいと言われたとはいえ、流石《さすが》に売るのは申し訳ないですわ〜！

とはいえ剣はワタクシが持っていても何の役にも立たない棒切れ。それは剣が可哀《かわい》そうというものですわ。

「ところで最後に一つだけお願いがあります。その剣をどこで手に入れたか人に聞かれた時には『湖の妖精を助けた御礼に聖剣を授かった』とだけ話していただきたいです。どうか、どうか『湖の妖精がナマズに丸呑みにされていた』という部分は秘密にしておいていただきたく……！」

「わ、わかりましたわ」

というわけで、ワタクシはなんだかほんのり光る聖剣を手に湖を去るのでしたわ。

「どうしましょう、これ」

夜に出歩くときに灯《あか》りとして使うには少し光量が乏しいですわ。寝室の枕元にこの程度の灯りがあると丁度いい気がするのですけれども、剣を剝《む》き出《だ》しのまま置いておくのは危ないですし……。

持て余してしまいますわね。

---

シャーロット・ネイビー　ＬＶ67
◇◇◇パラメータ◇◇◇
○ＨＰ：61／61　○ＭＰ：98／98
○筋力：51　○魔力：81
○防御力：66（＋ボーナス１０５）　○敏捷：44
◇◇◇スキル◇◇◇
○索敵ＬＶ８　○オートカウンター（レア）
○無限アイテムボックス（レア）　○状態異常完全遮断（レア）
○全属性魔法耐性（レア）　○オートヒールＬＶ10
○ナイトビジョン［Ｎｅｗ!!］

◇◇◇使用可能魔法◇◇◇
○プチファイア　○プチアイス
○パラライズ　○ステルス
○ファイアーウォール　○トルネード
○ウォーターショット（威力＋4）　○バブル

---

「苦しい……！」

アウゼス王太子が森の中でモンスターに襲われ、シャーロットに助けられた日の夜。

王宮の自室で彼は苦しんでいた。すぐに使用人のセバスが飛んでくる。

「殿下、大丈夫ですか⁉　どこが苦しいのですか⁉」

「胸だ。シャーロットさんのことを考えると胸が苦しいんだ」

「……は？」

「昼にシャーロットさんに鮮やかに助けられてから、シャーロットさんのことが頭から離れない……」

アウゼス王太子は胸を押さえる。

「何をしていても仮面を外したときのシャーロットさんのあのいたずらっぽい笑顔のことばかり考えてしまう。まぶたにあの瞬間の光景が焼き付いて、離れないんだ」

「それは、恋ですな」

「恋？　そうか、僕はこれまでずっとシャーロットさんのことを想《おも》っていたつもりだったが、更に好きになってしまったということか」

「左様かと」

「ああああああ胸が苦しい！　どうか、この胸の奥の熱い塊を取り出してくれ！」

「殿下！　ベッドの上でゴロゴロするのをおやめくだされ殿下！　落ち着いてくだされ殿下！」

――5分後。

「すまない。僕としたことが取り乱してしまった。見苦しいところを見せてしまったな」

「恐れながら、本当に見苦しかったですぞ殿下。外では絶対におやめくだされ」

セバスはハンカチで額の汗を拭う。

「しかし驚かされたな。まさか、シャーロットさんがあんなに強いとは」

「それは私も意外に思っておりました。ヒポグリフを一撃で消し飛ばす火力。王宮の魔法使いにも、あれほどの魔法の使い手はおりませぬ」

「僕程度では振り向いて貰《もら》えないのは当然だったな。僕ではシャーロットさんの隣に立つにはあまりに力不足だ」

アウゼス王太子は床に降り立つ。

「決めたぞセバス。僕は、シャーロットさんの隣に立つに相応《ふさわ》しい強い男になる。強くなれば、きっとシャーロットさんも振り向いてくれるに違いない」

彼の瞳には、固い決意が宿っていた。一方セバスは、

（シャーロット様は男性の強さに惹《ひ》かれるタイプではないと思うのですが……。とはいえ、他に良い案もないですし、やっておいた方がまだ可能性は高くなるでしょうか……？）

などと考えていた。

――こうして、アウゼス王太子の過酷な特訓の日々が始まったのであった。

休憩時間を限界まで切り詰め、いつもより早く公務を終わらせる。そうして生まれた時間に、騎士団精鋭を相手に剣の訓練を行うようになった。

そうして彼はメキメキと剣の腕を上げていった。今では、王国騎士団の中で彼の剣を受けられるものはいないほどだ。

訓練の後、アウゼス王太子は馬車に乗って廃棄された闘技場へと向かった。中にはモンスターが大量にひしめいている。

棍棒《こんぼう》等の道具を扱う緑肌のモンスター、ゴブリン。巨大な二足歩行モンスター、トロール。どちらも数が増えると人間の街や村を襲うモンスターである。王国騎士団は定期的に増えすぎたモンスターを駆除している。

効率よく駆除するため、火薬の音などでモンスターを使われなくなった闘技場へと追い込んでいるのだ。

普段であれば、広範囲攻撃魔法を扱える魔法使い達がまとめてモンスターを掃討する。だが今日は特訓のためにアウゼス王太子が掃討を行うことになっていた。

もちろん万一の無いよう、王宮魔法使い達がアウゼス王太子に補助魔法を何重にも掛けているし回復魔法使い達も控えている。

「はぁ！」

アウゼス王太子がモンスターの群れに突撃し、鮮やかに斬り伏せていく。あっという間に彼は傷一つ負わずモンスターを全滅させた。

「ありがとう。おかげで、またレベルが1つ上がったよ。これで24だ」

「おめでとうございます、殿下。これで今月2度目のレベルアップです。異例の速度ですな」

隣のセバスが祝福する。

王宮魔法使い達もアウゼス王太子の元へと駆け寄ってくる。

「お疲れ様です、殿下。お見事な剣技でした。以前も見事な腕前でしたが、さらにお強くなられましたね。一体何が、殿下をそこまで強くするのですか？」

「愛だ」

アウゼス王太子は、力強くそう言い切った。

「愛こそが、僕の心の原動力だ。愛があれば、僕はどんなに過酷な訓練だろうと耐えて見せる」

その時、アウゼス王太子の頭にある考えが浮かぶ。

「そうだ、あそこへ行けば僕はより強くなれる……！　すぐに手筈《てはず》を整えなければ」

彼は早速行動を開始した。

「お祭りに、行きたいですわ〜！」

1週間後に、年に一度の街のお祭りが開催されるのですわ！

ワタクシ、お屋敷にいたときから一度お祭りというものに参加してみたいと思っていたのですわ。

でもお父様には『庶民の祭りなどに参加することは許さん！』と言われて参加させてもらえませんでしたの。

せっかくお屋敷を出たのですから、思いっきりお祭りを楽しませて頂きますわ！

街ではもうあちらこちらにポスターが貼られていますし、飾り付けも進んでいますわ。街中がお祭りムードで、もう歩いているだけで楽しいのですわ！

「今からワクワクですわ〜！」

音楽家さんが愉快な音楽を演奏して。大道芸人さんが綱渡りや手品を披露して。珍しいものを扱う商人さんがお店を出して。一番の目玉の馬上試合が開催されて。

それにワタクシ、何より食べ物の露店を楽しみにしていますわ〜!!

お祭りの日には、沢山露店が立ち並んで普段はあまり見ない物を出しているそうですわ。

でも所詮は露店で並ぶような食べ物。少しお金と手間を掛ければいつでも食べられますし、わざわざお祭りに行かなくても食べることができる——

というのは！　浅はかな考えですわ〜！

「お祭りの楽しい雰囲気で食べる露店の食べ物は普段より10倍美味しいらしいですわ！」

一度だけお祭りに参加したことがあるマリーがそう教えてくれたのですわ。

「マリー、早速作戦を立てますわよ！」

「了解ッスお嬢様！」

ワタクシはリビングに街の大通りの地図を広げて、露店の配置を書き込んでいきますわ。

「――だからまずこのルートを通ってホットドッグを確保するのですわ」

「お嬢様、その道は一方通行ではないッスけど、多分人が一方的にこっち方向に流れてるッス。なので遠回りしてこっちのルートからいくのが良いと思うッス」

――

「この小さな広場で、落ち着いて買ったものを食べるのが良さそうですわね」

「流石お嬢様、良い案だと思うッス」

――

「――当日は人ごみの中を移動することになるッスから、いつものドレス姿よりも動きやすい格好の方が良いと思うッス」

「確かにそうですわね。いい機会ですし、あとで動きやすい服を買いに行きますわ」

こんな風に、ワタクシとマリーはお祭りに向けて準備をしていきましたわ。

――そして1週間後。

「快晴ですわー！」

見上げると抜けるような青空。

絶好のお祭り日和ですわ。

朝ごはんも控え目にして、露店のお料理を受け入れる準備も万端。

「さぁマリー、出かけますわよ」

「了解ッス！」

まずは露店で5段のアイスクリームを買いに――

「大変だー！　大通りの方で巨大なモンスターが出現したぞ！　お祭りどころじゃない、みんな逃げろー！」

「なんですってー⁉」

ワタクシ、急いで通りの方に向かいますわ。

5段アイス。

串焼き。

ホットドッグ。

カラメル焼き。

そしてその他お祭りでしかお目にかかれない料理の数々。

ワタクシの楽しみを邪魔するモンスターさんは、絶対に許しませんわー！

見つけましたわ。

通りの真ん中を、大きな赤いモンスターさんが歩いてらっしゃいますわ。

「本で見たことがありますわ。あれは、ワイバーンですわ！」

確か翼が発達して空を飛ぶことに特化したドラゴンの近縁種ですわ。

図鑑にはお肉の味については書かれていませんでしたわ。

一体どんなお味なのか、ワタクシとても楽しみですのよ！

ワイバーンさんが大きく口を開けて、何やら炎の塊を吐き出しなさいますわ。

――モンスターさんの攻撃というのは、見掛け倒しですわ。狼モンスターさんに噛まれてもお肌に傷一つ付きませんもの。きっとあのワイバーンさんの火の玉も、見た目は大層恐ろしいですけれども、きっと当たったところで火傷《やけど》もしない程度の温度しかないはずですわ。

ですけれども。

今日はお祭りの真っ最中。お祭りの飾りに火がついて火事にでもなったら大変ですわ。

「お祭りの邪魔はさせませんわー！」

〝パシンッ！〟

ワタクシ、お祭りを邪魔するモンスターさんが吐いた火の玉を手で弾《はじ》きましたわ。

ワタクシの狙い通り、火の玉はお空に飛んでいきましたわ。

『ゴアアァ！』

ワイバーンさんはお怒りのご様子で、ワタクシに向かって何度も火の玉を吐き出しなさいますわ。

〝パシン、パシン、パシン、パシン！〟

その度にワタクシはタイミングよく火の玉を弾くのですけれども。

手が熱いですわ――！

うっかり紅茶が手にかかってしまった時くらい熱いですわ！

こんなことなら、マリーからミトンを借りてくるべきでしたわ。

火傷はしていませんけれど、もうこれ以上素手であの火の玉を触りたくないですわー！

「こうなったら魔法を使うしかありませんわね。〝プチアイス〟ですわ！」

ワイバーンさんの炎とワタクシの氷が、綺麗《きれい》さっぱり打ち消し合いますわ。

「嘘だろ、属性相性不利な氷魔法でワイバーンのブレスを打ち消しただって!?」

近くに居合わせた殿方が大声で驚いてらっしゃいますわ。

〝そくせいあいしょう〟ってなんでしょう……？

それから何度かモンスターさんとワタクシはブレスと魔法を撃ち合いましたわ。

『ゴア、ゴホッゴホッ！』

モンスターさんが火の玉を吐き出そうとして、咳き込みましたわ。

どうやら、火の玉の吐き過ぎで喉が潰れてしまったみたいですわね。

「チャンスですわ！　お覚悟あそばせ、山盛りステーキにして差し上げますわ！　プチファイ――」

〝バサッ〟

突然モンスターさんがワタクシに背を向けて、飛びましたわ。

「ま、まさか逃げるつもりですの!?」

コレは予想外でしたわ。

今ならまだワタクシの魔法で撃ち落とせますけれど――

「飛んでいるワイバーンさんを魔法で倒したら、人様の家の上に大量のステーキを降らせてしまうことになりますわ。そんなことをするわけにはいきませんわ……」

あっという間にワイバーンさんはワタクシの魔法の届かないところへ行ってしまいましたわ。

今から馬車を捕まえて追いかけても、追いつけませんわ……。

ワイバーンさんのお肉も食べたかったのですわ……。

ワタクシ、とっても悔しいですわ～！

近いうち！

必ず！

あのモンスターさんの棲家《すみか》を突き止めて、逃げる間も無く魔法を当てて見せますわ！

……さて。

それは一旦置いておきまして。

今はお祭りを楽しみますわー！

「お嬢様、怪我は無いッスか⁉」

離れていたところから見守ってくれていたマリーとも合流できましたわ。

「もちろんですわ。さぁマリー、一緒に思いっきりお祭りを楽しみますわよ！」

「了解ッス！」

こうして、ワタクシは初めてのお祭りに参加したのですけれど――

もう最っっっ高に楽しいですわ！

愉快な音楽。

いつもは食べられない珍しい食べ物や異国の料理。

特に、馬上試合を観戦しながらの牛肉串焼きは格別でしたわ。

そしてこのカラフルな異国のお菓子で……。

「お祭りの料理、全種類コンプリートですわ～！」

ワタクシ、大満足ですわ！

やはりコンプリートというのは気分がいいものですわ！

いつかこの世のすべてのモンスターさんも食べてコンプリートしてみたいですわ～！


祭りの日の夜。

冒険者ギルドの中も、お祭り騒ぎだった。

建物の中も飾りつけされていて、冒険者たちはいつもよりも酒が回っている。

だが、受付嬢が冒険者たちの中心にいるのはいつも通りだった。

「今日は、一番近くで一部始終を見ていた冒険者さんをお呼びしております」

受付嬢の隣には、体格の良い中年冒険者が座っている。

「俺は今日、お祭りの警備の仕事で大通りにいたんだ。そうしたら、急にレッドワイバーンが飛んできてな。他の冒険者達と一緒に対処しようとしたんだが、ヤツの硬い鱗《うろこ》の前にまるで攻撃が通らねえ。そしてヤツは、口を開けて必殺の攻撃〝ブレス〟を撃ってきやがった」

　その時の光景を思い出している冒険者の手は震えている。

「俺はあの時、死を覚悟した。ワイバーンのブレスは大通りを丸ごと焼け野原にするだけの破壊力があるからな。だがその時、シャーロットさんが現れてブレスを防いでくれたんだ」

「ほうほう。いったいどのようにして防いだのです？」

「こう、素手でスパーン、とブレスを弾いたんだ」

「「「素手でスパーン⁉」」」

　冒険者ギルドに激震が走る。

「もう一度言うぜ。素手でスパーン、だ。弾かれたブレスは空に向かって消えていったよ。いやあ、長く冒険者を続けてきたがこんなに驚かされたのは初めてだぜ」

　ベテラン冒険者は大きくため息を吐く。

「ワイバーンのブレスを防げる人間がいるとは思わなかった。まして、素手とはな」

「受け止めるんじゃなくて空に向かって弾いたってことは、周りに被害が出ないように気を使ったってことなのか⁉　そこまで余裕があるとは……！」

　集まった冒険者たちは興奮を隠せない。

「しかも、シャーロットさんがブレスを弾いたのは一度じゃねぇ。ワイバーンが連射してくるブレスを片っ端からスパンスパンスパン、と連続で弾き飛ばしちまうんだよ。俺は夢でも見てるんじゃないかと思ったよ」

「「「うおお、シャーロットさん流石だぜぇ！」」」

酒場の興奮は最高潮に達する。

「そこからは、もう一方的だったな。シャーロットさんが氷属性魔法を連射し始めて、レッドワイバーンは撃ち合いに負けて飛んで逃げていったよ」

「「「うおおおお!!」」」

酒場に今日一番の歓声が沸き上がる。

「……だが、ひとつだけわからないんだ。シャーロットさんは最初『お祭りの邪魔はさせませんわ』と言って飛び出してきたんだ。シャーロットさん程の人が、どうしてお祭りなんかにこだわっていたのか。俺にはそこが分からない」

「――その疑問には僕が答えよう」

そう言って出てきたのは――アウゼス王太子だった。周りには冒険者ギルドの雰囲気に溶け込んだ護衛を侍《はべ》らせている。

森でシャーロットに助けられて以来、彼は公務と同時に剣の訓練にも力を入れている。1週間のうち、自由に使える時間はわずかに数時間しかない。

そしてその数時間をこの冒険者ギルドにきて過ごし、シャーロットの武勇伝について語り合っているのだ。その時間こそが、アウゼス王太子にとって何よりの楽しみだった。

「祭りは大衆にとっては、確かにただ楽しいだけのモノだ。だが、その経済効果はとても大きい」

冒険者たちは静かに王太子の説明に耳を傾けている。

「さらにお祭りには、民衆の不満のガス抜きの意味合いもある。どんな名君でも領民に全く不満を抱かせないことなど不可能だ。だからこそ、反乱を起こされる前にお祭りで定期的にストレス発散してもらう必要があるのさ。……もっとも、僕は反乱を起こされる側なんだけどね」

いたずらっぽくウインクするアウゼス王太子の冗談で冒険者ギルドが沸く。

「お祭りというものの重要性については、みんな分かってくれたと思う。そして、それを見抜いてお祭りを守ったシャーロットさんの英知も。……では改めて。街の英雄シャーロットさんの、新たな武勇伝に乾杯！」

「「「乾杯!!」」」

こうして冒険者ギルドは今日も盛り上がり、アウゼス王太子はシャーロットについての語らいを大いに楽しむのだった。

## 第五章　プラチナ昇格試験に挑戦しますわ

「ごきげんよう。お尋ねしたいのですけれども、お祭りを邪魔したモンスター、ワイバーンさんはどこに棲《す》んでいらっしゃいますの？」

ワタクシ、今日もレストラン〝冒険者ギルド〟へ来ていますの。

ウェイトレスさんに、あのお祭りを邪魔したモンスターさんの居場所を尋ねていますわ。

「シャーロットさん、レッドワイバーンを討伐しに行くのですか？」

「ええ。来年のお祭りのときにまた邪魔されては困りますもの。今度はこちらから出向いて差し上げますわ」

それに、あのモンスターのお肉を食べてみたいとも思っていますわ！

翼が生えていたりして形は鳥に似ていますけれども、鱗《うろこ》があったりとトカゲに近いですわ。一体どんな味がするのか、想像するだけで涎《よだれ》が止まりませんわ～！

「流石《さすが》シャーロットさん、素晴らしい心意気です。が、ひとつ問題がありまして……」

ウェイトレスさんが、カウンターから地図を取り出しなさいますわ。

「レッドワイバーンの巣があると言われているのは、この〝ロートナウ渓谷〟です。が、ここは大型モンスターが多く生息していて、入るにはプラチナ（冒険者）カードが必要となります」

「なるほど、プラチナ（ポイント）カードが必要ですのね」

ＶＩＰ会員専用の美味《おい》しいモンスターさんの狩場ということですわね。

「そして、今回のお祭りでレッドワイバーンを撃退したことで、貢献度ポイントが貯《た》まりまして……。シャーロットさんはなんと、プラチナ昇格試験に挑戦できるようになりました！」

「まぁ！」

なんだかよくわかりませんが、とりあえず嬉《うれ》しいですわー！

「試験は1週間。過酷な試験です。この試験をクリアすると、晴れてプラチナ（冒険者）カードが手に入ります」

不思議ですわ。

レストランのポイントカードのランクを上げるのに、そこまで必要なのかしら？

「プラチナカードを貰《もら》うだけなのに、どうして1週間もかかる過酷な試験を受けなければいけないのでしょう？　おかしいと思うのですわ」

「プラチナカードというのは、それほど格調高く、価値があるものだからです。受験生にプラチナカードを手にする資格があるか、しっかりと見定める必要があります。ですから1週間もの長い期間の試験があっても、なにもおかしいことはないのです」

なにもおかしくないそうですわ。

ワタクシ、侮《あなど》っていましたわ。

ＶＩＰ狩場に入るには、それ相応の品格が求められるということですのね。

「わかりましたわ！　ワタクシ、プラチナ昇格試験を受けますわ！」

「そうこなくては！　丁度3日後に、1年に1回のプラチナ昇格試験が開催されます」

というわけでワタクシ、プラチナ昇格試験というものを受けることになりましたわ〜！

——2日後。

ワタクシは乗合馬車に乗って、プラチナ昇格試験というものの会場へ向かっていますわ。

乗合馬車というものは新鮮ですわ。

他の方たちと一緒に、大きな馬車に乗って一緒に移動しますの。お屋敷《やしき》にいたころは、いつも家で所有している馬車を専属の御者に引かせていましたもの。

馬車の中では皆様各々、本を読んだり眠ったり好きなように過ごされていますわ。

目的地は、大都市ミウンゼル。ワタクシの住む街から馬車で半日程の距離ですわ。お父様に連れられて何度か行ったことがあるのですけれど、海があって海鮮料理が美味しいのですわ。

ワタクシ、今晩はパエリアを食べることに決めていますの。

馬車は今、山道を走っていますわ。あと1時間もすれば、街に着くはずですわ。初めて乗りましたけど、乗合馬車の旅というのも楽しいですわ〜。

などと考えていたら。

「大変だ、馬車強盗だ！」

馬車が急停止しますわ。

どうやら道が丸太か何かで封鎖されていたご様子。

外を見ると、同行していた馬車に乗っていた護衛さん達《たち》が剣を引き抜いて、襲ってくる強盗を迎え撃ってらっしゃいますわ。

護衛さん達は頑張ってくださっていますけど、強盗の方が数が多いですわね……。

徐々に護衛さん達が押されてしまいますわ。

「わ、私も戦います！」

そこで、同じ馬車に乗っていた小さなお嬢さんが飛び出していきましたわ。

背丈は小さくて、獣人種……というのでしたかしら。クマのような耳がクセのある髪からピコンと飛び出してらっしゃいますわ。

内気そうな印象のお方だったのですけれど、強盗に立ち向かっていくのは予想外でしたわ。

お嬢さんが足元に生えていた雑草を、籠手《こて》で包まれた手で引き抜いて、

「ギフト【錬金術】発動……！」

と唱えると、手の中が光りますわ。

「え、えい！」

そして手の中のものを、お嬢さんが強盗に向かって投げつけますわ。

草……では無いですわね。何か別の物に変化していますわ。

〝パァン！〟

お嬢さんが投げた何かは、強盗達の間で破裂しましたわ。火薬でしょうか？　何人かの強盗が吹き飛んでしまいましたわ。

「えい！　えい！」

お嬢さんが草を投げつけるたび、小さな爆発が起きて強盗たちが転んだり吹き飛んだりしますわ。

「やってくれたなぁ！」

護衛さん達と戦っていた強盗のうち何人かが、お嬢さんの方へとやってきますわ。

あんな小さなお嬢さんが戦っているのですもの。ワタクシも、見ているだけという訳には行きませんわね。

「〝パラライズ〟ですわ！」

ワタクシは、麻痺《まひ》魔法を使いますわ。お嬢さんに襲い掛かろうとしていた馬車強盗達が一斉に麻痺して動かなくなりますわ。

人間相手に魔法を使ったのは初めてですけれど、上手《うま》くいって良かったですわ～！

その後人数で有利になった護衛さん達が押し返して、無事に馬車強盗全員を無力化することができましたわ。怪我《けが》をした方もいらっしゃいませんでした。

「あ、ありがとうございました！」

さっきの小さいお嬢さんが御礼《おれい》を言いに来ましたわ。とても愛らしいですわ。

「お姉さん、まとめてあれだけの人数を一瞬で動けなくしてしまうだなんて。凄《すご》いです……」

「貴女《あなた》こそ、あんなに沢山の強盗に立ち向かっていって、とても格好良かったですわ」

ワタクシ思わず、お嬢さんの頭を撫《な》でてしまいましたわ。

よく考えたらこのお嬢さんもギフトを使えるのですから15歳以上。

ワタクシとほとんど歳《とし》が変わりませんわ。ひょっとしたら歳上かもしれませんわ。

でもワタクシに撫でられて、

「えへへ、褒められちゃった……」

と嬉しそうにしているので問題ないのですわ～！

「その魔法の腕前。もしかしてお姉さんも、プラチナ（冒険者）試験を受けに……？」

「ええ、そうですわ。ワタクシはシャーロット・ネイビー。お見知りおきお願いしますわ」

「私はユクシー・サラーティ。よろしくね、シャーロットお姉さん」

まぁ。

まぁ！

まぁ!!

ワタクシ、お姉さんだなんて呼ばれてしまいましたわ！

なんだかとっても面映《おもは》ゆいですわ～!!

ワタクシ頑張って！　お姉さんらしいところを見せたいと思いますわ～!!


シャーロットが試験会場に向かう数日前。

ミウンゼルにある、冒険者ギルドの支部の支部長室にて話し合いが行われていた。

「……確かに、これだけの数のモンスター討伐実績があれば、通常であればプラチナ昇格試験を受ける資格はありますな」

机の上には、大量のモンスターの素材が並べられている。それを見て、中年の冒険者ギルド支部長が顎鬚《あごひげ》を撫でる。

向かい合っているのは、アウゼス王太子。背後には武器を携えた護衛も立っている。

彼は何度か以前にやったような『モンスターを王国騎士団に追い込ませて自分が狩る』という修行を行っていた。

「モンスターにトドメを刺したのは殿下ですが、モンスターを1ヵ所に追い込んだのは王国騎士団。これだけでは、殿下にプラチナ昇格試験を受ける資格があるとは言えませんな。冒険者ギルドは、実力絶対主義。誰であろうと、実力のない方を昇格させるわけにはいきません」

「構わない。むしろ、特別扱いなどされては困る。実力で勝ち取ってこそ、意味があるものだからな。……僕はもっと強くなりたい。あの人の隣に立つにふさわしいほどに」

「ええ。プラチナ冒険者となれば、殿下はきっと想像もしたことない程の強いモンスターやライバル冒険者と巡り合うでしょう。……では、殿下に資格があるか、追加試験を行いたいと思います」

アウゼス王太子達と冒険者ギルド支部長は、裏手にある訓練場へと移動する。

2人は剣を持って向かい合う。もちろん訓練用の、木製の剣に布を巻きつけたものだ。

「私はこれでもかつてプラチナ級より上のダイヤ級冒険者として、ダンジョン攻略の最前線で戦った身。一線を退いたとはいえ、まだまだ衰えてはいませんぞ。私に一撃でも入れられれば、殿下のプラチナ級受験を認めましょう」

冒険者ギルド支部長が剣を構える。

「では、はじめ！」

両者が突撃し、幾度も剣を交わす。

（なんと！　スピード、パワー、技術そして技の組み立て！　全てが全盛期の私より上だと⁉）

冒険者ギルド支部長が驚愕《きょうがく》に目を見開く。

試合は、あっという間にアウゼス王太子の勝利で決着がついた。

「これで、僕のプラチナ級昇格試験の受験を認めてくれるかな？」

「もちろんでございます……！　どころか、一次試験免除の推薦状を書かせていただきたいくらいですよ」

「言っただろう、特別扱いは不要だと。……だが、僕も立場上あまり堂々と試験を受けるわけにはいかないからな。偽名での冒険者登録は可能かな？」

「もちろんですとも。冒険者ギルドは実力絶対主義。実力のないものを昇格させることはありませんが、それ以外でしたら融通が利く組織。その程度の便宜はいくらでも図りましょう」

「助かるよ」

こうして、プラチナ試験に、アウゼス王太子改め仮面の冒険者アウロフが参加することとなった。

――ワタクシ、ミウンゼルにあるプラチナ昇格試験の会場に来ましたわ。

いよいよ、試験が始まるのですわ。

試験会場は、大きな建物。集まっているのは、ざっと１００人といったところでしょうか。

「おはよう、シャーロットお姉さん！」

「あら、ごきげんようユクシーさん」

ユクシーさん、小さな体にやる気をみなぎらせていますわ。

今日も愛くるしいですわ〜！

「みなさん、静粛に」

建物に低い声が響きますわ。

受験生たちの前に、大柄な殿方が現れますわ。筋骨隆々で、いかにも力が強そうですわ。

「俺は一次試験担当の試験官、ガノガンだ。早速だがプラチナ昇格試験の説明をさせてもらおう。君たちには今日から、全部で４つの試験を受けてもらう。一次試験は、基礎身体能力試験」

試験官さんが扉を指さしますわ。

「今からあの部屋に１人ずつ入って、筋力と魔力を計測させてもらう。合計点が基準を超えれば一次試験合格、簡単だろう？　基準に満たない者は、即帰ってもらう」

こうして、プラチナカードを手に入れるための試験が始まりましたわ。


――能力計測の部屋にて。試験官のガノガンと試験補佐官が椅子に腰かけている。

「失礼します」

扉から新しい男性受験生がやってくる。

「じゃあ、試験内容を説明するぞ。一次試験では、魔力と筋力を計測する。魔力は、そこの机の上にある水晶玉に手をかざして魔力を流し込んで、水晶玉の色の変化で計測する。筋力は、特殊なベンチプレス設備で計測する」

ガノガンが部屋にある設備を指差す。

小さな革張りのベッドがあり、その両脇に台が立っている。そして台と台は、金属製の棒を支えている。

「そのベッドの上に寝転がって、胸のあたりでその金属の棒を持ち上げるんだ。その棒は魔法で重さがかかるようになっていて、ダイヤルで調整できるようになってる。好きな重さに挑戦してくれ。おっと、最初は一番重く設定されているから気を付けてくれ」

「おっし、やります！　まずは筋力から行くぜ！」

受験生は棒を１５０キロに設定し、ベッドに寝転んで持ち上げてみせる。

「オーケー、筋力テストの成績は１５０キロだな。じゃあ次、水晶玉の魔力テストを受けてくれ。魔力が強いほど、水晶玉の色が濃くなる」

言われた通り、受験生が水晶玉に魔力を込める。すると、水晶玉の中心部分が黄色く輝き始める。

「……はい、そこまで。筋力テストと魔力テスト、２つの成績を合わせると……合格だ」

「おめでとうございます。奥のドアへ進んでください」

試験補佐官が案内すると、受験生は軽い足取りで歩いて行った。

「……はぁ、退屈だなぁ」

ガノガンが大きくため息をつく。

「筋力も魔力も、合格ラインぎりぎり。今年はこんな受験生ばっかりじゃないか」

「そうおっしゃらないでくださいガノガンさん。さぁ、次の受験者が来ますよ」

試験補佐官が扉を開けて次の受験生を呼ぶ。入ってきたのは、アウロフことアウゼス王太子だった。顔には夜会用の仮面を着けている。

ガノガンが試験の方法について説明する。

「筋力テストと魔力テスト。好きな方から始めてくれ」

「では、筋力からやらせてもらおうか」

アウゼス王太子はベンチプレスの棒のダイヤルをいじり、重量を２５０キロに設定してベッドに寝転ぶ。そして、

「ふん！」

難なく持ち上げてみせた。

「おお、いいねぇ……！」

ガノガンがそう思わず零《こぼ》してしまう。

「では次、魔力テストの方をやらせて貰おう」

アウゼス王太子は、ベッドから起き上がって水晶玉に向き合う。

「はあああぁ……！」

彼が魔力を込めると、水晶玉が赤く光る。そして、赤黒く染まっていく。

〝ピシィ……！〟

その時、水晶玉に小さな亀裂が走った。

「ストップ！　合格、合格だから魔力を込めるのをやめてくれ！　それ以上やったら壊れちまう！　その水晶玉高いんだよ！」

アウゼス王太子が魔力を込めるのをやめると、ガノガンは額の汗をぬぐう。

「いやー、アンタほどの実力の受験生は初めてだ。文句なしに合格だ、頑張ってくれ」

「ありがとう。では、失礼する」

アウゼス王太子は合格者用の扉から優雅に出ていく。

そして、入れ替わりで次の受験者が入ってきた。

「シャーロット・ネイビーです。よろしくお願い申し上げますわ」

そう言ってシャーロットはスカートの裾をつまんで優雅に一礼する。

（随分お上品な子が来たな……。礼儀正しさだけなら今日一番だが、そんなものなんの加点にもならないからな）

ガノガンは試験内容を説明する。

「わかりましたわ、まずはこの棒を持ち上げればいいのですわね？　ワタクシ、頑張りますわ！」

そう言ってシャーロットはベッドに寝転ぶ。

「おいまてお嬢さん、１個言い忘れていたがその棒は最初は一番重く設定されていて――」

「せーの、ですわ！」

シャーロットは、難なく魔法で重量が付加されている棒を持ち上げた。

一瞬、部屋の空気が凍り付く。

（馬鹿な、初期設定で1トンの重さがあるあの棒を持ち上げただと⁉　あんなに軽々と⁉）

ガノガンは混乱していた。

「恐れ入ります、この筋力テストはどれほどの成績で合格になりますの？」

「ご、合格基準か？　ええと、魔力テストの成績がゼロでも３００（キロ）持ち上がれば合格だ」

「わかりましたわ。３００（回）で合格ですのね？」

そうして何を思ったのか、シャーロットは棒を上げ下げし始めた。

「いーち、にーい、さーん！」

1トンの重さがある棒を、苦もなくリズミカルに上げ下げしていく。

「え、えええええ……？」

ガノガンは、目の前の光景が信じられなかった。

どこぞの貴族のご令嬢と言われても信じられるようなお上品なお嬢様が、筋骨隆々の冒険者でも持ち上げられないような重さを軽々上げ下げしているのだから。

「39、……40！　ダメですわ、ワタクシもうこれ以上持ち上げられませんわ～‼　この棒、見た目よりも重いですわー！」

シャーロットは汗をかいて息を荒くしていた。

1t

（まったく、何の冗談だよ……!!）

ガノガンは混乱している。

「では次、魔力テストですわね。ワタクシ、今度こそ頑張っていい成績を出しますわよ！」

「お、おう。頑張ってくれよな……？」

ガノガンは、もはやなんと声を掛けたらよいかわからなくなっていた。

「では、行きますわ～！」

〝パリイイイィン!!〟

シャーロットが魔力を込めた瞬間、水晶玉は粉々に砕け散った。

ひとつひとつの欠片《かけら》が指でつまめないほど、それはもう細かな破片に砕け散った。

「……ワタクシ、何かやり方を間違ってしまいましたの？」

ガノガンははっきりと見ていた。シャーロットが魔力を込めた瞬間、水晶玉の中でドス黒い光が生まれたのを。

水晶玉があんな色になるのを、ガノガンはこれまで見たことがなかった。

「ワタクシのせい、これワタクシのせいなのですよね？　ワタクシの魔力の込め方が間違っていたから壊れてしまったのですわよね？　まことに申し訳なく思いますわ！　きっと高価な物なのですよね？　ワタクシ、弁償いたしますわ！」

当のシャーロットが何度も頭を下げるのをガノガンは不思議そうに見ていた。

「ワタクシ、今度はちゃんと魔力を込めますわ。ですから、もう一度テストさせてくださいまし！」

「勘弁してくれ！　合格だからもう二度と魔力計測水晶には近づかないでくれ！」

「ですけど……」

「いいから、合格だ！　水晶玉も全然高価なものじゃない（大嘘《おおうそ》、本当は高いし後で始末書を何枚も書かないといけない）から、気にしないでくれ！」

「そ、そうですのね……。わかりましたわ、それでは失礼いたしますわ」

　シャーロットが合格者用の扉に消えるのを見届けて、ガノガンはやっと一息ついた。

「ふぅ、なんだったんだあのバケモンは……！」

「ガノガンさん、納得いきません」

　試験補佐官が、ガノガンに不満そうに申し立てる。

「今のは明らかに設備の不具合です。筋力テストは魔法の不具合で重さが掛からなかったのでしょうし、魔力計測の水晶玉も不具合で勝手に割れただけだと思います。あの受験生が我々の目を盗んで物理的に割ったのかもしれません。試験はやり直すべきです」

「お前、これを見てみろ」

　ガノガンは、シャーロットが何度も持ち上げていたベンチプレスの棒を指さす。棒は、シャーロットが握っていた部分が手の指の形に凹《へこ》んでいる。

「これを見てまだ信じられないってんなら、あのお嬢ちゃんに腕相撲でも挑んでくるといい。俺は遠慮しとくよ。手を握りつぶされるのはゴメンだからな」

「ぼ、僕も遠慮しておきます……！」

試験補佐官の顔は青ざめていた。

「わかったら、予備の水晶玉取ってこい！　後がつかえてんだ」

「は、はい！」

そうして予備の水晶玉が駆り出され、試験は進んでいった。

いよいよ最後の受験者が入ってくる。

「ユクシー・サラーティです。よろしくお願いします」

ユクシーはまず魔力テストに臨むのだが——。

「魔力はゼロ、だな」

ユクシーは懸命に魔力を込めているのだが、水晶玉は全く光らない。

（獣人種は身体能力が高い代わりに魔力が乏しいもんだが、この子は特に魔力が低いな……）

ガノガンは顎髭を撫でる。

「さて、次は筋力テストだが。魔力がゼロのお嬢ちゃんが合格するには、３００キロ持ち上げないといけない。どうする？　やれそうかい？」

「やります。絶対持ち上げて見せます！」

ユクシーがベッドに寝転び、呼吸を整える。

「いきます。せー、の！」

ユクシーが渾身《こんしん》の力を込める。だが、３００キロの棒は微動だにしない。

ガノガンはその様子を静かに見守っていた。

「こんな所であきらめちゃだめだ……！　ずっと鍛えてきたんだもん。私は必ずこの試験に合格して！　最終試験まで進んで！　妹を、エレナを助けるんだ……！」

その時、ガノガンは、ユクシーの瞳に宿るとてつもない執念の炎を見た。彼の背中に寒気が走る。

「お父さんとお母さんの分まで私が頑張るんだ……！」

棒がゆっくりと上昇し始め、上限まで上がる。

そして次の瞬間、ユクシーは限界を迎えた。棒が初期位置に戻る。

「はぁ、はぁ……！」

ユクシーは呼吸もまともにできないような状態だった。

「……お嬢ちゃん、二次試験も頑張りな」

「——！　はい、ありがとうございました！」

ユクシーは飛び起きて深々と頭を下げる。そして、小走りで合格者用の扉へと駆けて行った。

「……今年はとんでもない受験者ばっかりだな」

「ですね」

ガノガンと試験補佐官は笑いあう。

しかしガノガンにはひとつ気がかりなことがあった。

（あのお嬢ちゃん、妹を助けるために『プラチナ冒険者になる』じゃなく『最終試験まで進む』と言っていたな……。まるでプラチナ級冒険者になることじゃなく、最終試験の会場に行くことが目的なようだな。最終試験の会場には〝アレ〟が居る。まさか……）

そこでガノガンは頭を振る。

（いや、考え過ぎだな）


「シャーロットお姉さん、私も一次試験合格したよー！」

一次試験合格者控え室に、笑顔満開のユクシーさんが入ってきますわ。

「良かったですわ～！　遅かったから心配していましたのよ」

両手でハイタッチ。そのまま手を握り合ったまま上下左右に振って喜びを分かち合いますわ。

「このまま、二次試験も頑張りましょう」

「おー！」

ユクシーさんが小さくぴょんと跳ねて拳を突き上げますわ。

愛らしいですわ～！

「シャーロットさん、ひとつ聞いてほしいことがあるんだけど……」

そこでユクシーさんが、小声になりますわ。ワタクシが屈《かが》むと、ユクシーさんが耳打ちしますの。

「私は耳がいいから試験官さん達が噂《うわさ》してるのを聞いちゃったんだけど、今年の受験生にとんでもない化物が紛れ込んでるんだって……」

「化物？」

「うん。なんでも、１トンある重りを軽々もち上げて、しかも握力で壊しちゃった人がいるんだって」

1トン!?

凄いパワーですわ、怖いですわ！

ワタクシなんてあんな何もついていない棒を持ち上げるので精一杯ですのに。

「それにね、それだけじゃなくて魔力が計測できないくらい強い人もいるんだって」

計測できない!?

凄いですわ～！

家庭教師に勉強ついでに基礎魔法を習っただけのワタクシとは、とても比べ物になりませんわ～！

などと、ユクシーさんとおしゃべりを楽しんでいたら。

「全員いるな？　俺が二次試験の試験官だ！　それじゃ、二次試験の内容を説明するぜ！」

これまた大柄な殿方が現れましたわ。

「二次試験では、戦闘と連携能力を見せてもらう。ランダムに3人1組になって、試験官と模擬戦をしてもらう。試験官が胸から下げているペンダントを破壊できれば、合格だぜ！」

また物騒な試験ですわね……。

「理解したな？　それじゃ、チーム分けを発表していくぜ」

受験生は名前を呼ばれて、割り振られていきますわ。

「……第11チーム。シャーロット・ネイビー、ユクシー・サラーティ、ヘンリー・ボンドット」

「やりましたわ！　サラーティさん、ワタクシ達同じチームですって！」

「よろしくね、シャーロットお姉さん！」

ワタクシ達はまたまたハイタッチしますわ。

「ええと、２人が僕の仲間かな……？　よろしく……」

それともう１人、剣を腰に差した殿方が仲間のようですわ。

口には出しませんけど。露骨にがっかりしてらっしゃいますわね……。

まぁ無理も無いですわ。ワタクシもユクシーさんも、荒事は苦手なタイプに見えますものね（実際ワタクシは苦手ですわ）。

「心配は要りませんわ！　このチームには、自分よりも体の大きい馬車強盗に立ち向かっていった勇敢なユクシーさんがいるのですもの」

「えぇ⁉　シャーロットさん、恥ずかしいよ……」

ユクシーさん、顔を赤くして手で隠してしまいましたわ。

申し訳無いのですけれども。

とっっっっても愛らしいですわ！

たまらないですわ〜！

周りに他に人がいなければ、頭を撫でまわしたいところですわ‼

「ではチーム分けが済んだところで。試験開始だ！　１チームずつ訓練場へ来てくれ！」

こうして、二次試験が始まりましたわ。

「それでは、第11チーム。入ってきな」

　試験官に呼ばれて、シャーロット達3人が現れる。

　3人が通されたのは、建物の外にある訓練場。足元は土で、障害物などは何も無い。

「やる気十分って顔だな。それじゃ、早速始めようか」

　圧倒的な経験量を誇るこの試験官は、相手の何気ない挙動から力量を推察することができる。

（あの男の剣士はそこそこ。経験は積んできたようだが、プラチナになるにはまだ実力不足かな）

　と試験官は評価する。

（あの獣人の子供。あいつはすげぇな。あの若さでいくつもの修羅場を潜《くぐ》り抜《ぬ》けてきた動きだ。今は少し足りねぇが、あと数年で身体《からだ》が成長すれば文句なしにプラチナ級だ。どんな化物に育つか今から楽しみだぜ）

　そして試験官は、最後にシャーロットを見る。

（あの上品なお嬢様は、論外だ。全く戦う人間の動きじゃねぇ。サポート系の魔法かギフトでこれまで仲間を支えてきたんだろう。だが、プラチナ級冒険者ってのは、最低限自分の身は自分で守れる強さが求められる。悪いが、出直してもらうぜ）

　そしてそこまで詳細に相手の力量を見極めた上で、

（1分で、全員のしてやる）

と決めた。

「受験生達、もう1回ルールを説明するぜ。合格条件は、この俺の胸にぶら下がってるペンダントを破壊すること。全員降参するか気絶したら失格だ」

そして試験官は傍らに立てていた大斧《おおおの》を持ち上げる。斧は木製で、衝撃を和らげるために布を何重にも巻いている。

「見ての通り、こっちも出来るだけ怪我をさせないように工夫はしている。だが、それでも怪我するときは怪我はする。駄目だと思ったら、早めの降参を勧めるぜ」

試験官は斧を構える。

「準備はいいな？　それじゃ……試験開始！」

こうして戦いの火ぶたが切られた。

「俺が１人で決めてやる！」

剣を持った受験生が、素早く斬りこむ。左右に軽快に動いて、斧の狙いを付けさせない——という算段だったのだが。

「動きが単調過ぎだぜ」

試験官が片手で軽く斧を振るう。斧は正確に受験生を捉え、一撃で気絶させた。

「まずは１人。駄目だぜ、コンビネーションを考えねぇと」

試験官はそう言って、余裕たっぷりに斧を構えなおす。

「ん？　１人いねぇな。あの獣人の女の子はどこ行った？」

試験官は辺りを見渡す。

「やぁ！」

ユクシーは、試験官の足元に潜り込んでいた。

腰から提げていた小さなハンマーを抜き、試験官の太ももを狙って振りぬく。

「ぬぅ⁉」

足に不意打ちの一撃を受けた試験官は体勢を崩す。そこへ――

「〝パラライズ〟ですわ！」

すかさずシャーロットが麻痺魔法を放つ。しかし。

「あっぶねぇ！」

試験官は崩れた体勢から素早く横へ飛び、麻痺魔法を回避する。

（思ったよりやるじゃねぇか！　だが、それでもプラチナにあげてやるにはまだまだ足りねぇな！）

試験官は、ユクシーを放置してシャーロットに突撃する。

突然の反撃に、シャーロットは防御体勢を取ることもできなかった。試験官が斧を振るう。

（怪我しない程度、ギリ戦闘不能になる程度にしといてやるよ）

加減した一撃が、シャーロットの肩に当たる。

――だが。

〝ゴツン！〟

試験官は、恐ろしく固い手応えを味わっていた。

「な、何が起こった⁉」

試験官の手は、衝撃でしびれていた。

「なんだ、これは……⁉　まるで岩でも殴ったみてぇなこの感触は！」

試験官は、手加減をやめた。全力の一撃を、もう一度シャーロットの肩めがけて打ち込む。

〝ゴツン！！！〟

さっきよりも大きく、固い音が響く。

「これは……ドラゴン？」

今。試験官の目の前には、巨大なドラゴンがそびえ立っていた。

――もちろん、幻覚である。

現実には『急に試験官さんが固まってしまわれたけど、どうしたのかしら？』と首をかしげるシャーロットがいるだけだ。

だが斧を通して伝わってくるシャーロットのあまりの圧倒的な防御力が、試験官にドラゴンをイメージさせたのである。

試験官は、全身にびっしょり汗をかいていた。

（なんなんだ、この圧倒的な防御力は！　これが人間の防御力か⁉）

試験官が後ろに飛びのいて距離をとろうとする。しかしその前にシャーロットが、

「試験官さん？　固まってしまわれましたけど、どうかなさいました？」

と言いながら、斧を手で掴《つか》んでいた。

（動かない――――！　冒険者ギルド屈指の剛腕の俺が全力で引っ張ってるってのにビクともしない！）

試験官の前に、再びドラゴンの幻覚が立ちはだかる。

今、試験官は完全に理解した。

（このお嬢様は『何の戦闘技能も身に着けていない』んじゃない！　『戦闘技能を身に着ける必要なんてない』んだ！　ドラゴンと同じように、圧倒的身体能力そのものが最強の武器なんだ！）

試験官の全身を、寒気が駆け上がる。

「う、うわああああ！」

恐怖から、反射的に試験官は斧を手放して飛びのく。思いっきり後ろにジャンプして、尻もちをついた。そしてその場から逃げるために立ち上がろうとしたとき――

「今だ！　やあああぁ！」

存在を忘れられていたユクシーが、ハンマーで試験官の胸のペンダントを叩《たた》く。

〝パリイイィン！〟

高い音を立ててペンダントが砕ける。

「あっ……そうか、試験終了か……」

試験官は半分放心していた。ペンダントを不意に破壊されてしまった悔しさ等はなく、ただもうこれ以上シャーロットと向き合わなくて済む安心感だけがあった。

「……第11チーム、二次試験合格だ……！」

試験官はうわごとのように呟《つぶや》いた。

膝の震えは収まらず、まだ立ち上がれそうにはなかった。


「やりましたわ～！」

「やったねシャーロットさん！」

ワタクシはユクシーさんとハイタッチして喜びを分かち合いますわ。

「ユクシーさん、最後の一撃お見事でしたわ。試験官さんの隙を逃さない良《い》い一撃でしたわよ」

「シャーロットさんこそ、あの試験官さんの攻撃を受け止めるなんてすごいよ」

「受け止めたのではありませんわ。きっとワタクシの麻痺魔法がかわされたようにみえてキッチリ効いていたのですわ。試験官さんの斧の攻撃は、２回ともまるで力が入っていませんでしたもの」

「そうかなぁ……？」

ユクシーさんは首をかしげますわ。

「私には、シャーロットさんに攻撃した試験官さんが『馬鹿な、なんだこの手応えは⁉　この受験生、まるでドラゴン並みの防御力じゃないか！』って驚いていたように見えたんだけどなぁ……」

「まぁ、なんてことを仰《おつしや》いますの」

ワタクシは、ユクシーさんの両ほっぺを軽く引っ張りますわ。

「ワタクシ、家庭教師の先生にちょっと護身用の魔法を習っただけの普通のか弱い女の子ですのよ。身体がドラゴン並みに固いだなんてそんなことありませんわ。そんなに強かったら、ワタクシまるで化物ではありませんの！」

「ご、ごめんなひゃい……。シャーロットさんは化物なんかじゃないれす……」

ユクシーさんが手を挙げて降参のポーズを取りますわ。

ワタクシが化物でないとわかってくれたようですわ。

こうして、ワタクシ達は二次試験を突破することができましたわ。

――そして、数時間後。

「以上で、二次試験終了だ！」

数時間して、全員の二次試験が終わりましたわ。

合格したのは、ざっと数十人。最初の半分以下ですわ。

「お前たちには三次試験に進んでもらう！　今日は疲れたりケガをしたりしただろう。今日は宿に戻って十分身体を休めてくれ！　明日の朝、また同じ時間にここへ集合してもらう。それでは、解散！」

こうして今日の試験はすべて終わりましたわ。

時間はお昼過ぎ。

……お腹《なか》がすきましたわ。

朝から何も食べていなかったので、お腹ぺこぺこですわ。

ユクシーさんを誘ってこの後遅めのランチでも――

「シャーロットお姉さん、明日も頑張ろうね！　じゃあね！」

誘いそびれてしまいましたわ。

ユクシーさん、足が速いですわ。あっという間に街角に消えていきましたわ。

……仕方ありませんので、1人でランチにするとしますわ。

この街は港街。折角ですので、港で海を見ながらランチにしたいですわ～。

そう思って港の方へと歩いていると……。

「久しぶりだね、シャーロットさん」

夜会用の仮面を着けた殿方に後ろから声を掛けられますわ。

どなたでしょう……？

ワタクシの知り合いに、こんな仮面をつけた方はいませんわ。

「僕だよ、僕」

そう言って殿方は仮面を外しますわ。その顔は——

「まぁ、アウゼス殿下」

「しーっ」

そう言って殿下は口元に指を立てますわ。

「第一王子という立場上、あんまり堂々とプラチナ昇格試験を受けに来るわけにもいかなくてね。試験には仮面の冒険者アウロフという名前で参加している」

そう言って殿下はまた仮面を着けますわ。

「まさか殿下も参加しているだなんて、意外ですわ」

「王たるもの、強さも必要とされるんだ。公務の方も、前倒しで仕事を進めてなんとか時間を作ってきた」

今気づきましたけれども、私服姿の護衛の方がさり気なく距離を取って殿下を護衛していますわ。

「と、ところでシャーロットさん今日は良い天気だね……」

殿下、また天気の話をしてらっしゃいますわ。

会うたびに殿下は天気の話をするのですわ。

他に話題のレパートリーがないのかしら。

と、その時ワタクシ良いことを思いつきましたわ。

「殿下、今から一緒にランチを致しませんこと？」

「!?　い、今からシャーロットさんとランチに……!?」

殿下が素早くシュパパ！　と後ずさりますわ。

「待ってくれシャーロットさん。君とランチに行くなんて、心の準備が……」

殿下は相変わらず変わったことを仰いますわ。ランチを食べに行くのに心の準備が必要だなんて。

「いいから、行きますわよ～」

こうしてワタクシは殿下の腕を引っ張って港へ連れ出しましたわ。

――15分後。

「潮風を受けながら食べるフィッシュアンドチップスは美味しいですわ～！」

ワタクシは殿下を（無理やり）引っ張ってきて、出店で買ったフィッシュアンドチップスを食べていますわ。

腰掛けているのは港の公園にあるベンチ。目の前が海でとても見晴らしもよいですわ。

流石は港街。フィッシュアンドチップスは、今住んでいる街で食べるモノよりもずっと美味しいですわ。

あっさりとした白身魚がカラッと揚がっていて、かじると口の中でお魚のジューシーな旨味《うまみ》が広がりますわ。

そこにケチャップの酸味が絡んで！　もう堪《たま》らない美味しさになっていますの！

「幸せだ……僕はとても幸せだ……！」

ベンチで隣に座っているアウゼス殿下も号泣しながらフィッシュアンドチップスを食べていますわ。

正直なところ、いくらフィッシュアンドチップスが美味しいとはいえ泣くほどのモノでは無いのですけれども。

アウゼス殿下がなぜこんなに喜んでいるのか、ワタクシにはわかりますわ。

殿下は、生まれたときからずっと王宮で暮らしていたのですもの。王宮のテーブルに並ぶのは、高級食材を腕自慢の王宮専属シェフが調理した豪勢な料理。毎日がまるでパーティーのような贅沢《ぜいたく》。

でも、毎日豪華な料理だと飽きてしまうものなのですわ。

特にアウゼス殿下は第一王子。街に出て庶民のレストランで食事をとるなど、とても許されないのですわ。

きっと殿下は王宮から街を見下ろして、

『僕も、あの庶民の食べている料理が食べてみたい……』

とずっと考えていたに違いないのですわ。

ですから、

「シャーロットさんと一緒に公園のベンチでフィッシュアンドチップスを食べるだなんて。こんな、こんな幸せなことがあってもいいのか……！」

と歓喜の涙を流しながらフィッシュアンドチップスを食べているのを笑うことなど、とてもできないのですわ。

気持ちはわかりますわ。ワタクシも、お祭りで出店の料理を食べるのがとても楽しみでしたもの。

今日くらいは庶民的な料理の味を楽しんでほしいですわ。

「殿下、そんなに急いで食べるから口元にケチャップがついていますわよ。もう、小さいころからこういうところは変わらないんですから」

殿下が慌ててハンカチで口元を拭いますわ。

「でも、殿下が変わっていなくてワタクシ少しうれしいですわよ」

「え？」

「ワタクシ侯爵家を追い出されてから、他の友達には縁を切られてしまいましたもの。平民とは友達でいられない、と。殿下だけですわ。平民になってからも変わらない関係でいてくれたのは」

「シャーロットさん……」

「あの日殿下がワタクシの新しいお家に来てくださって、ワタクシうれしかったのですわ。ワタクシにとって、殿下はとっても大切な幼馴染《おさななじみ》ですわ」

「……僕も。僕にとってもシャーロットさんはとても大切な――!!」

「あ、海の中からモンスターさんが出てくる気配がしますわ」

〝ザバァ!〟

『目障りな人類は皆殺しだギョ～!』

海の中から、半魚人モンスターさん達がわらわらと這《は》い上《あ》がってきましたわ。手には三叉槍《みつまたやり》を持っていますわ。

『お前らの中に、地上侵攻にビビってる腰抜けはいるギョ?』

『『いないギョ――!!』』

先頭に立つモンスターさんはひと際身体が大きく、他の個体よりも大きな槍を持っていますわ。リーダーなのかしら。

『目障りな人間どもを血祭りに上げたいギョか?』

『『ギョー!!』』

みなさん一斉に槍を振り上げますわ。

『地上侵攻、頑張るギョ!』

『『えい、えい、ギョー!!』』

なんだかとってもやる気満々な様子ですわ。

「えーと、なんでしたかしらあのモンスターさんは……」

　ワタクシは、図鑑をアイテムボックスから取り出して調べますわ。

「『〝サハギン〟。非常に好戦的で知能の高い、半魚人のモンスター。地上の支配をもくろみ、人類に度々攻撃を仕掛けてくる』ですって。物騒ですわ～」

　と、ワタクシが読み上げていると。

　いつの間にか隣にいた殿下がいなくなっていますわ。

「今とてもいい雰囲気だっただろうが……！　空気を読め！　絶対に許さんぞ貴様ら！」

　アウゼス殿下が、剣を抜いてサハギンさんの群れに突撃していきましたわ。すごい剣幕ですわ。

　そんなにフィッシュアンドチップスを食べるのを邪魔されたのを怒っていますのね。

「殿下ったら食い意地が張っていますわ～」

　殿下が剣でサハギンさん達を片っ端から倒していきますわ。

　ワタクシ、剣のことはまるで分からないのですけれども。殿下の剣技が凄くお上手だというのは見ていてわかりましたわ。

　昔から殿下は剣がお上手だったのですけれども、今でもちゃんと稽古をしてらっしゃるのですわね。偉いですわ～。

　殿下は普段は天気の話ばかりしているポンコツですけれども、やるときはちゃんとやる人なのですわ。

「ワタクシも、黙ってみているだけというわけにはいきませんわね。麻痺魔法〝パラライズ〟ですわ」

『ギョオ⁉』

『身体が動かないギョ！』

サハギンさん達がワタクシの麻痺魔法で動かなくなりますわ。

回りくどいことをせず、攻撃魔法で倒してしまうというのも考えたのですけれども。

ワタクシが魔法でモンスターさんを倒すと、ギフト【モンスターイーター】の効果で料理になってしまうのですわ。

ワタクシ、
・虫モンスターさん
・ネズミなどの雑菌を持っている可能性が高い不潔なモンスターさん
・人型モンスターさん
・人の言葉を喋《しゃべ》る知性あるモンスターさん
・無機物モンスターさん
は食べないと決めているのですわ。

サハギンさん達は人型ですし言葉も喋るので食べようとは思いませんわ。

きっとワタクシが〝プチファイア〟でサハギンさん達を倒したら、きっとフィッシュアンドチップスか魚のムニエル辺りになってしまいますわ。でも、食べるわけにはいきませんし、捨てるしか無いですわ。

目の前にある美味しそうなお料理を捨てるなんて、そんな残酷なことできませんわ～!!

というわけで、今日はワタクシは麻痺魔法でサハギンさん退治のお手伝いをするだけにしようと思いますわ。

「シャーロットさんが魔法で手伝ってくれた!? うおお、やる気と力が湧いてくるぞ！」

殿下が剣で動けなくなったサハギンさん達をズバズバ倒していきますわ。そしてあっという間に最後の1体になりましたわ。

「最初に先頭で声を張り上げていた個体だな？　貴様がリーダーか」

殿下がサハギンさんの喉元に剣の切っ先を突きつけますわ。

「貴様たちの本拠地の仲間に伝えろ。次に地上に顔を出したら、貴様らの住処《すみか》に国中の粗大ゴミを集めて捨てて埋立地にしてやると」

『ギョギョ、地上侵攻はもう懲り懲りだギョ～！』

サハギンさんは慌てて海へと逃げ去っていきましたわ。

「ふぅ、これで一件落着だな。シャーロットさん、怪我は無いか？」

「大丈夫ですわ。殿下こそ、お怪我はありませんこと？」

ワタクシと殿下は笑い合いますわ。

「折角のランチタイムが台無しになってしまいましたわね。殿下、この後お暇《ひま》かしら？　よろしければ紅茶でも飲みに行きませんこと？」

「暇だ、凄く暇だとも！　喜んでご一緒させてくれ！」

殿下ってば、はしゃいでらっしゃいますわ。きっと運動してとても喉が渇いてしまったのですわね。

　こうしてこの日は久しぶりに殿下と紅茶を飲みながらお話しして過ごしましたわ。

　アウゼス王太子が宿に戻ったのは、陽が沈みかけてきた頃だった。彼は街の中心にある高級ホテルを丸ごと借り切って王国騎士団の護衛達と共に滞在している。

「やっっった〜!!　シャーロットさんと2人きりでランチとティータイムを過ごせたぞ！　激務の合間に修行して冒険者登録して、プラチナ級昇格試験を受けに来た甲斐《かい》があった……!!」

　ホテルの部屋に入るや否や、アウゼス王太子は両腕を天に突き上げて喜びを爆発させる。

「シャーロット様との初デート成功、おめでとうございます」

　隣に控えていた使用人セバスが拍手で殿下を祝福する。

「ば、馬鹿なことを言うなセバス！　デートなどではない、一緒に昼食をとってその後紅茶を飲みに行っただけだ！」

「そうですかな？　一緒にランチをとってその後ティータイム。これはもう立派なデートではございませんかな？　次の機会にはぜひ、シャーロット様をディナーデートに誘いましょう」

「ディナーデートに誘うだって!?　そんな大胆なことをする勇気、僕にはとても……！」

　うなだれるアウゼス王太子に、セバスがノートを差し出す。

「王国騎士団の諜報《ちょうほう》部隊が、任務の合間を縫ってこの街のオススメレストランをまとめてくれました。殿下には、沢山の味方が付いております。殿下が一歩踏み出す勇気がないとおっしゃるのであれば、我らがその勇気をお貸しいたしましょう」

「……ありがとう！　プラチナ昇格試験終了後、今度こそシャーロットさんをディナーに誘ってみせる！　今日はまだ時間がある。セバス、早速ディナーデートに誘う練習をするぞ」

「そうおっしゃるかと思い、シャーロット様に等身が近いマネキンを用意しておきました」

セバスが合図すると、騎士団のメンバーがドレスを着た女性型マネキンを運び込んでくる。

「さぁ、このマネキンをシャーロット様だと思ってお誘いするのです！」

「よし行くぞ！　シャ、シャーロットさん、今日この後良ければ一緒にディナーを……ええとその……すまない、なんでもないんだ……」

「殿下、勇気をお出しくだされ！」

マネキン相手でさえ、アウゼス王太子は上手く台詞《せりふ》が言えずにいる。

しかし練習すること数時間後。

「シャーロットさん、今日はこのあと暇かな？　良ければ今からディナーでもどうだろう？　美味しい魚料理を出す良い店を知っているんだ」

練習の甲斐あって、王太子はよどみなくディナーへ誘えるようになった。

「お見事です、殿下。あとは無事にプラチナ昇格試験をクリアするだけですな」

部屋にはセバスの惜しみない拍手がいつまでも響いていた。

「これより第三次試験を開始する！」

一次試験と二次試験の翌日。

ワタクシは再びミウンゼルの街の冒険者ギルドに来ていましたわ。

「私が三次試験の担当官ロードリックだ」

今日の試験官さんは、メガネの男性ですわ。

「君たちには、今から船に乗って冒険者ギルドが管理している無人島へと移動してもらう。ついて来てくれ」

——連れてこられたのは、港。お世辞にも新しいとは言えない船が泊まっていますわ。

「さて、君たちには今からこの船に乗ってもらうのだが。その前に、手に持っている荷物や武器は全て冒険者ギルドで預かろう。上着も預けてくれ。安心してくれ、預かった荷物は別の船で無人島へと運んでおく」

皆さん、不思議そうな顔をしながら言われた通りに試験補佐官さん達に預けていきますわ。

そしていよいよ、全員船に乗り込んでいきますわ。

「全員乗ったな？　それでは、出発だ」

そうして船はいよいよ港を離れ、遠くにかすかに見える島へと向かって動き始めましたわ。

——しばらくして。

「目的地の島が近づいてきましたわね～」

ワタクシは船旅を満喫していましたわ。

お屋敷にいたころに何度か乗ったことはありますけれども。ワタクシ、船に乗るのは好きですの。

一面に広がる水面も、潮風も好きですわ。

「シャーロットお姉さん、私船に乗るのって初めて！　楽しい！」

船の上で合流したユクシーさんは、ずっとはしゃいでらっしゃいますわ。とても微笑《ほほえ》ましいですわ。

試験官のロードリックさんが船の舳先《へさき》に出てこられましたわ。

まだ島までは随分離れていますわ。一体何のお話でしょうか？

「分かりましたわ、きっとティータイムのお知らせですわ」

せっかく船に乗っているんですもの。お茶でも飲んで楽しまないと勿体《もったい》ないですわ～。

「ただ今より三次試験を開始する！」

えっ
「1分後、この船は沈没する！」

ええ？

「5キロ離れたあの島に自力でたどり着くこと、それが第三次試験の内容だ！」

ええええええ!?

「この辺りの海域には人を襲う水棲《すいせい》モンスターは生息していない。また、周囲には試験をサポートするためのボートも複数待機している。泳ぎつくのが無理だと思ったら、すぐに助けを求めてくれ。もちろん試験は不合格となるが」

そう言ってロードリックさんは船の舳先からジャンプなさって、近くのボートのうち1隻に飛び移りましたわ。

「……それでは、試験開始だ。君たちの健闘を祈る」

そして、船の底から何か大きな音がして、沈み始めましたわ。


受験生たちを乗せた船が沈没し始める。

誰よりも早く動いたのは、アウゼス王太子だった。彼は改めて島の方角を確認。そして自ら海へと飛び込んだ。

「何と早い判断。見事だと言うほかない」

試験補佐官たちが漕《こ》ぐボートの上で、試験官ロードリックは唸《うな》った。飛び込む前に、冷静に目的地の島の方角を再確認しているのも評価ポイントだ。

この試験では、主に
・不測の事態に冷静に対処できる判断力
・着衣水泳で島まで泳ぎつく体力
を試している。

アウゼス王太子につられて、他の冒険者達も海へと飛び込み始める。

そうして船が、完全に沈没した。

「さぁ急げ！　1人も死人を出すんじゃないぞ！　溺れそうな受験生は迷わずすぐに引き上げろ！」

「「了解！」」

試験補佐官達が、溺れかけている受験生達をボートに引き上げていく。海中では魔法による酸素発生装置を背負った試験補佐官達が、海中に沈んだ冒険者がいないか確認している。

非常に危険に思えるこの試験だが、実は過去数十年で一度も死者はもちろん怪我人さえ出していない。

この試験を安全に実施するために、冒険者ギルドでは事前に念入りに試験補佐官たちが訓練を行っているためだ。

そして、わざわざこんな大掛かりな試験を行うには理由がある。冒険者がプラチナ級へと昇格すると、モンスター相手により素早く的確な判断が求められる。

落ちた冒険者からは不条理と思われるこの試験だが、これは『〝船が急に沈没する程度〟の事態に対応できないような者は、プラチナ級に上げてもすぐ死んでしまう。昇格させないほうが本人のためだ』という冒険者ギルドの優しさでもある。

今、水中から1人の試験補佐官が上がってくる。

「あの！　海中に妙な受験生がいるのですが、この場合どうすればよいでしょうか？」

「妙な受験生……？　海中にいるということは、溺れて沈んでいるということか？」

「いえ、そうではなく……海中、というより海底を歩いています」

「は？」

「魔法によって自分を丸ごと包み込む泡のドームを作り出して、鼻唄を歌いながら歩いているんです！」

「……はぁ？」

「どころか、襲ってきたモンスターを魔法で丸焼きにして美味しそうに食べてるんですよ!!」

「はあああぁ!?」

過去十年この試験を任されているベテラン試験官ロードリックは、かつてない事態に困惑していた。


「海底散歩は楽しいですわ～！」

ワタクシ今、海底を歩いていますわ。

船がいきなり沈んだのは驚きましたけれども。泡魔法〝バブル〟のおかげでなんとかなりましたわ。

「やはり海は深いですわね」

前に湖の底を散歩した時とは比べ物にならないくらいですわ。光もまるで差しませんわ。

もっとも、ワタクシは夜目が利くのでこの程度の暗さはなんともないのですけれども。

「さぁ、のんびりと島を目指しますわ」

外を見ると、お魚さんが沢山泳ぎ回っていますわ。

中には美味しそうな大きなお魚さんもいますわ。網でも持ってくれば捕まえられたかもしれませんのに。残念ですわ。

「あら？」

泡の外、岩の間で何か大きなものが動きましたわ。

あれは——

「巨大ロブスターですわ〜〜!!」

胴体だけでワタクシと同じくらいの大きさがある巨大なロブスターさんが、海底を歩いてらっしゃいますわ。

ワタクシの声が聞こえたのか、ロブスターさんがワタクシの方を見ましたわ。そして、ハサミを振り上げながら泡の中に入ってこられましたわ。

先ほどロードリックさんが『この海域には人を襲うモンスターはいない』とおっしゃっていましたけれど、海底のことまでは想定していらっしゃらなかったようですわ。

「残念、食べられるのは貴方の方ですわ！　〝プチファイア〟ですわ！」

ワタクシの魔法が当たると、ロブスターさんは炎に包まれて——

「ローストになりましたわ！」

大きなお皿の上に、どーん！　とロブスターのローストが載っていますわ！

胴体は真っ二つに割られていて、白い肉を惜しげもなく晒《さら》していますわ。そして、その上にソースがかかっていてもはやその姿は官能的ですらありますわ、子供に見せたら教育に悪いですわ。

そしてジューシーな香りが漂ってきてワタクシを誘惑するのですわ。

「そんなに誘われたら、ワタクシもう我慢できませんわ！　頂きますわ！」

ワタクシは早速ナイフでお肉を切り出しますわ。ナイフからぷりっぷりの触感が伝わってきますわ！　意味が分からないことを申し上げますけど、もうナイフで切り出しているだけで美味しいのですわ！

そしていよいよ実食！　ワタクシは香りたっぷりのお肉を口に運んで――

「美味、ですわ……！」

ぷりっぷりの食感。濃厚な味わい。堪《たま》りませんわ～！

口の中を通して、このロブスターさんが生きてきた歴史が伝わってきますわ。

――一説によれば。

ロブスターは、とても長生きの生き物だそうですわ。不思議なことにロブスターには老化という概念がないそうですわ。

外敵に食べられてしまったり脱皮に失敗してしまって死ぬことはあっても、年老いて死ぬということはないのだそう。

このロブスターさんはモンスター。通常のロブスターと同じ生態かは分かりませんけれども、ある程度は似ているはずですわ。

きっとこのロブスターさんも、脱皮を繰り返しながら少しずつ大きくなってきたのでしょう。一体どれだけの年月を生きてきたのかは想像も付きませんわ。その年月が味の深みになって、ワタクシの口の中で爆発していますわ。

つまりなにが言いたいかというと。

「とぉ～っても美味しいのですわ！」

ロブスターさんを食べる手が止まりませんわ！

ぷりぷりのお肉をナイフで切り分けていても手に触感が伝わってきて幸せ。

食べているときは口の中が幸せ。

ロブスターというのは素晴らしいですわ～！

ワタクシは休みなくロブスターさんのぷりぷりのお肉を食べ続けますわ。

そして。

いよいよワタクシ！　ロブスターさんのハサミにも着手しますわ！

「ロブスターさんのハサミ、何度見ても美味しそうな形をしていますわ……！」

『この中にはぁ！　ぷりっっっっぷりの美味しいお肉がぁ！　たぁっっくさん詰まっていまぁす!!』

と主張するこのフォルム！　堪りませんわ～！

ワタクシがまだ小さかった頃の話ですわ。

お屋敷の料理人が、仕入れてきた生きたロブスターさんを見せてくださいましたのですけれども。

そのハサミ（安全のためにヒモで縛られていましたわ）があまりに立派だったのでワタクシ思わ

ずほおずりしてしまいましたわ。

あとで父上にはしたないことをするなと大層怒られてしまいましたわ。でも、同じことをしている人はきっとたくさんいると信じておりますわ。

……いますわよね？

「では、いよいよハサミを頂きますわ……！」

ハサミの片側を持って。関節を逆に曲げて。

〝バキィ！〟

小気味よい音を立ててハサミが折れて、香ばしい匂いが広がりますわ。

そしてここからが難しいのですけれども。このハサミを、お皿と一緒に出現した専用の大きなハサミで割っていきますわ。

普通のロブスターさんを食べるときでもこの作業はなかなか力が要るのですわ。まして今回は巨大ロブスターさん。ワタクシの細腕でこの立派なハサミが割れるか不安ですわ。

〝バキバキバキバキバキバキバキィ!!〟

割れましたわ。

いとも簡単に割れましたわ。

こんなにおいしくてボリュームもある上に食べやすいだなんて、まるで食べられるために生まれてきたかのようなモンスターさんですわ！

ということで早速ハサミの実食ですわ！

ぱくり。

「食べ応えたっぷりですわ～！」

ロブスターさんのハサミは固い物を破壊するためにとにかく筋肉質ですわ。

ムキムキですわ。

ボディービルダー海中部門優勝間違いなしですわ！

毎日主食にプロテインを食べてらっしゃるのではないかしら！

そのぎゅっと引き締まった身の歯応えと言ったら、もはや格別ですわ～。

パクパクですわ！

『モンスターを食べたことによりレベルが上がりました』

『バンデッドロブスター捕食ボーナス。重力魔法〝グラビティプレス〟を修得しました』

そしてまた、ワタクシ使える魔法が増えましたわ。

「重力魔法……？　なにやら変わった魔法ですわね」

とりあえず、近くに転がっている岩に向かって試してみますわ。

「〝グラビティプレス〟ですわ！」

すると。

〝バキバキバキ！〟

岩がまるで見えない巨大な手に握り潰されたかのように砕けてしまいましたわ。

「相手を重力で潰す魔法、ということなのかしら」

モンスターを倒してもあまりお料理にはなりにくそうですわね……。

使いにくい魔法ですわ。

その後ワタクシは歩いて、無事に試験会場の島にたどり着くことができましたわ。

---

シャーロット・ネイビー　ＬＶ68

◇◇◇パラメータ◇◇◇

○ＨＰ：62／62
○ＭＰ：99／99
○筋力：52
○魔力：82
○防御力：67（＋ボーナス１０５）
○敏捷《びんしょう》：44

◇◇◇スキル◇◇◇

○素敵ＬＶ8
○オートカウンター（レア）
○無限アイテムボックス（レア）
○状態異常完全遮断（レア）
○全属性魔法耐性（レア）
○オートヒールＬＶ10
○ナイトビジョン

◇◇◇使用可能魔法◇◇◇

○プチファイア
○プチアイス
○パラライズ
○ステルス

---

○ファイアーウォール　○トルネード
○ウォーターショット（威力＋4）　○バブル
○グラビティプレス［Ｎｅｗ!!］

# 第六章　最終試験開始ですわ

「それではいよいよ、最終試験を開始する！　試験官は引き続き、この私ロードリックが担当する」

船がいきなり沈没する三次試験が終わり、遂《つい》に最終試験が始まりましたわ。

泳いで島に着いていた受験生の方々は、島にある冒険者ギルドの施設でシャワーを浴びて服も洗濯してさっぱりしてらっしゃいますわ。

人数はざっと……20人程度といったところでしょうか？　アウゼス殿下とユクシーさんも無事に島にたどり着いていますわ。

「まず、これを全員受け取ってもらおう」

渡されたのは、リュックサックとペンダントですわ。

「ここは、冒険者ギルドが管理している無人島だ。最終試験では、そのペンダントを奪いあってもらう。試験終了時点でペンダントを３つ持っていれば合格、奪われた者は即失格だ」

またまた物騒な試験が始まりましたわね……。

「配ったリュックサックには、２日分の水と食料が入っている！　他の受験生を殺したり後遺症が残る怪《け》我《が》を負わせることは禁止。その他は、何をやってもよい！」

他の受験生とチームを組んだり裏切ったりするのもアリですのね。

「最後にひとつ！　島の中央の洞窟には、冒険者ギルドでも手に負えない強力なモンスターが眠っている。絶対に入るな！　刺激さえしなければ危険はないから安心してくれ。それでは、各自案内に従って島の初期配置地点に向かってもらう。日没と同時に試験開始だ！」

受験生はそれぞれ試験補佐官さんに連れられて、バラバラに島の中に向かっていきますわ。

最初はどこに誰がいるかお互いに分からない状態からスタート、というわけですのね。

ワタクシは、深い森のエリアに連れられてきましたわ。

そして陽が完全に沈み――試験が始まったのですわ。

そのときワタクシ、大変なことに気付きましたわ。

「ご飯が足りませんわ……！」

試験官さんからもらった水と食料は２日分。試験は５日。３日分の食料が足りませんわ！

これは絶体絶命のピンチですわ。

お財布は持ってきていますけれども、この島にはレストランはなさそうですし困りましたわ。

「ふわぁ……」

思わず、あくびが出てしまいましたわ。

今日は海底や無人島の森を歩いたりして、ワタクシ疲れてしまいましたわ。もう日が暮れていることですし、寝ることにいたしましょう。

「こんなことがあろうと。ワタクシ、テントを用意してきたのですわ！」

マリーに勧められて、ワタクシこのプラチナ試験に参加する前にいろんな道具を買い込んで、アイテムボックスにしまっておいたのですわ。

小さなソファとベッドも用意しましたので、快眠間違いなしですわ。

早速組み立てますわ～！

――1時間後。

「全然組み立てられませんわ」

テントの設営って！

難しいですわ！

〝ペグ〟という地面に差す杭《くい》が何回やってもまっすぐ刺さりませんわ。

それにテントの生地も、説明書を読んでもどことどこをどう結べばいいのかよくわかりませんし。

ワタクシ、テント設営を諦めましたわ。

何もないよりはマシでしょうし、今日はせめてテントの生地の中に潜り込んで寝ることにしますわ……。

「うぅ、寝苦しい、寝苦しいですわ……！」

こうしてワタクシ、最終試験初日を無様に過ごす羽目になりましたわ。

――翌朝。

「サ、サ、サ、サンドイッチ～♪」

テントの生地の中の寝心地は悪かったですわ。

でも、朝にあった悪いことというのは、美味《おい》しいご飯を食べたらリセットされるのですわ。

レストラン『冒険者ギルド』のご飯はとても美味しいのですわ。特にサンドイッチは絶品ですわ。支給された食料もサンドイッチに違いありませんわ。

楽しみですわ～！

「サ、サ、サ、サンドイ――なんですのこれ」

リュックに入っていたのは、ブロックみたいなビスケットですわ。

「これが、食料……!?」

食べてみますわ。

……もさもさですわ。

味が、味が無いですわ……。

ほのかに甘みがありますけど、それだけですわ。

しかも口の中の水分が根こそぎ持っていかれてしまいますわ。

マズくは、ないのですけれども。

美味しくないですわ。

きっと、味は度外視して保存が利くことに特化した食料ですのね。

「試験終了まで、これしか食べ物がないんですの――!?」

絶望ですわ絶望ですわ。

美味しいものが、美味しいものが食べたいのですわ！

それに、量も少ないのですわ。1食当たり、ワタクシの掌《てのひら》にすっぽりと収まってしまうほどの大きさのビスケットしかありませんわ。

「こうなればモンスターさんを食べるほかないですわ」

ワタクシ、早速探しに出かけましたわ。

「あら？」

ワタクシ、森が開けた場所を見つけましたわ。何かを避けるように、急に木が途絶えていますの。

そしてその中心に、大きな洞窟がありますわ。

目を引くのは入り口。〝立ち入り禁止〟と大きく書かれた看板が立っていて、辺りが鎖で封鎖されていますわ。

「ここが例の立ち入り禁止区域ですのね」

洞窟からは、ひんやりとした空気が流れ出てきますわ。

うっかり入ってしまったら怒られそうですし、近づかないようにしますわ。

ワタクシ、モンスターさんを探して再び森の中を歩きますわ。

「モンスターさんの気配がすぐ近くにあるのですけれども――見当たりませんわね」

辺りに生えているのは木ばかり。

確かにモンスターさんの気配は目の前にあるのですけれども。

というよりも。

ワタクシの前に生えている木から、モンスターさんの気配がいたしますわ。

「あれれ～、おかしいですわ～」

ワタクシは大げさに辺りを見渡しますわ。

「この辺りにモンスターさんの気配がした気がするのですけれども～。気のせいだったみたいですわ～。あきらめて立ち去ることにしますわ～」

ワタクシがそうやってあきらめて立ち去るフリをして木に背を向けた瞬間。

〝シュバッ!!〟

突如木の枝が伸びて、ワタクシに襲い掛かってきましたわ。

でも残念、ワタクシはその攻撃を読んでいましたの。

「掛かりましたわね！　〝プチファイア〟ですわ！」

ワタクシは振り向きざまに魔法を木に放ちますわ。

〝ボオオオオォ!!〟

大炎上ですわ。

お屋敷《やしき》を追放されてすぐのころ、洞窟に中で出会った宝箱擬態モンスターさん。

宝箱が口を開けて襲ってきたあの恐怖を、ワタクシ忘れてはいないのですわ。

ワタクシ、ちゃーんと学習しているのですわ。

モンスターさんが木に擬態していることを見破り、あえて油断した振りをして攻撃を誘って返り討ちにしたのですわ。

ワタクシの知恵の勝利ですわ！

樹木擬態モンスターさんは炎に包まれて――

消えましたわ。

「え、お料理になってくれるのではありませんの!?」

モンスターさんがいた場所には、丈夫そうな枝が落ちているだけでしたわ。

確かに、木は燃やしてもお料理にはなりませんわよね……。

「しょんぼりですわ」

図鑑で調べると、このモンスターさんは〝トレント〟というらしいですわ。今のように樹木に擬態して、無防備な獲物に不意打ちで襲い掛かる恐ろしい習性があるらしいですわ。

辺りには沢山モンスターさんの気配がありますけれども、すべてトレントさんですわね。

折角ですし、ワタクシ色々試してみますわ！

「〝プチアイス〟ですわ！」

凍らせてみたり。

「〝トルネード〟ですわ！」

竜巻で根っこから掘り起こしてみたり。

「〝ウォーターショット〟ですわ！」

水浸しにしてみたり。色々試したのですけれども……。

「駄目ですわ全然お料理になりませんわ〜！」

そこでワタクシ、ひとつ気付いたことがありますわ。

トレントさんは場所によって、幹の太さや葉っぱの色などが大きく違いますわ。どうやら、擬態のために周りの木の種類に合わせているご様子。

　などと考えながら歩いていると、甘い香りのする木が生えている場所を見つけましたわ。その中に、同じく甘い香りのするトレントさんが1体紛れてらっしゃいますわね。

　ワタクシ、閃《ひらめ》きましたわ。

「この魔法なら如何《いかが》かしら？　〝グラビティプレス〟ですわ！」

　ワタクシ、トレントさんを重力で握りつぶしますわ。

〝グシャッ〟

　そして——

「メープルシロップになりましたわ～」

　思った通りですわ。

　木から、甘い香りのする蜜を絞り出せば食べられるのですわ！

　瓶の中で、琥珀《こはく》色の液体が揺れていますわ。

　いい香りですわ～！

「でもメープルシロップは単体で食べるモノではありませんわ」

　何かに掛けて食べるものですわ。

　理想はパンケーキ。

　メープルシロップに合って、単体ではあまり味が無くて、それでいてある程度食べ応えがあるものなんて——

「ありますわ！」

じゃーん！

食料として支給されたビスケット！

これにメープルシロップを掛けたら美味しく食べられるのですわ！

ワタクシ、早速ビスケットにメープルシロップを掛けますわ。ビンからとろ〜りとメープルシロップが流れ出ると、ますますいい香りが漂ってきますわ。

そして、ぱくり。

「美味しいですわ〜！」

さっきまで全然美味しいと思わなかったビスケットを食べる手が止まりませんわ〜！

パクパクですわ。

「おかわりですわ！」

ワタクシ食欲モリモリですわ。

——そして。

「食べつくしてしまいましたわ……」

そんな。

嘘《うそ》ですわよね？

何かの間違いですわよね？

リュックの中を何度ひっくり返しても、もうビスケットがありませんわ。あるのは水だけですわ。

なんということでしょう……。

「これではまるでワタクシが、食欲に負けて2日分の食料を半日で食べきってしまった食いしん坊みたいではありませんの！」

心外ですわ！

『モンスターを食べたことによりレベルが上がりました』

『トレント捕食ボーナス。常時発動スキル〝防御力ブースト〟を修得しました』

---

シャーロット・ネイビー　LV69

◇◇◇パラメータ◇◇◇

○HP：63／63　○MP：100／100

○筋力：53　○魔力：83

○防御力：68（+ボーナス139）　○敏捷《びんしょう》：45

◇◇◇スキル◇◇◇

○索敵LV8　○オートカウンター（レア）

○無限アイテムボックス（レア）　○状態異常完全遮断（レア）

○全属性魔法耐性（レア）　○オートヒールLV10

○ナイトビジョン

○防御力ブースト【New!!】

防御力を20％向上させる

◇◇◇使用可能魔法◇◇◇

○プチファイア　○プチアイス
○パラライズ　○ステルス
○ファイアーウォール　○トルネード
○ウォーターショット（威力＋4）　○バブル
○グラビティプレス

---

——というわけで、食べるものがもうなくなったので何としてもメイン料理になるモンスターさんを探して食べないといけないのですわ！

ワタクシ、特にあてもなく森の中を探索しますわ。

すると、何か水音が聞こえてきますわ……。

「川ですわ！」

川の近くなら、水を飲みに来たモンスターさんがいるかもしれませんわ。

と、歩きだした途端。

〝ビンッ！〟

脚で何か引っ掛けてしまいましたわ。

紐《ひも》のようなものが川辺の岩と岩の間に渡してありましたわ。

何なのでしょう、これ……？

そして、煙が噴き出してきましたわ。

「へっへっへ。かかったな！　サバイバルでの基本はまず水場の確保。川で待ち構えていれば必ず誰かかかると思ったぜ」

近くの岩陰から殿方が出てきましたわ。

「今回俺が設置したのは、小瓶1つでクジラでも動けなくする麻痺《まひ》毒。悪いが、ペンダントは頂いて――」

「え、駄目ですわこれは渡せませんわ。これがないとワタクシ、試験失格になってしまいますもの」

ワタクシ、胸のペンダントを握り締めますわ。

「馬鹿な、何故《なぜ》動ける⁉」

なにやら、大層驚いていてらっしゃいますわ。

「く、来るな。来るなー！」

殿方は急に怯《おび》えたように逃げ出しましたわ。

そんなに怖がられては、まるでワタクシが化物みたいじゃありませんの。失礼しちゃいますわ。

〝ビン！〟

殿方が足で紐を引っ掛けなさいましたわ。

そして、煙が噴き出しましたの。

「うわ！　し、しまったー！」

殿方、動かなくなってしまいましたわ。

「もし？　どうなさいましたの？」

……動きませんわ。

何故かは存じませんけれども。このお方、麻痺していらっしゃるようですわ。

「何がしたかったのでしょう……？」

とりあえず、ペンダントは頂いていきますわね。

麻痺もその内に解けますでしょう。

「まずはペンダント1つゲット、ですわ！」

自分のものを合わせて、あと1つ集めれば試験合格ですわ。

さて、今度こそ食料にするモンスターさんを見つけるべく、ワタクシは森の中を歩きますわ。

〝ガサガサッ〟

近くの茂みから物音がしますわ。

「〝パラライズ〟ですわ！」

ワタクシ、茂みに向かって麻痺魔法を使いますわ。

本当はいきなり〝プチファイア〟を使いたいところなのですけれども。もし茂みに隠れていたのが他の受験生さんでしたら、火傷《やけど》をさせてしまうかもしれませんのでやめましたの。

茂みの中にいたのは――

「普通のウサギさんですわ」

モンスターさんではない、普通の動物のウサギさん。確かに、茂みからはモンスターさん特有の気配はしませんでしたわね……。

ちなみに、モンスターとは主に魔力の影響を受けて身体《からだ》が変質した生き物のことを指しますわ。偶《たま》に無機物が魔力の影響を受けて動き出したりすることもあって、そのような場合もモンスターと扱うそうなのですが……ワタクシ、そのあたりのことは詳しく存じませんわ。

無機物はモンスターであっても食べられませんし、興味がありませんの。

さて、話が少し逸《そ》れてしまいましたが、このウサギさんは特に魔力の影響を受けてはいない普通の動物のご様子。

「うーむ、どうしたものでしょう……？」

困りましたわね。

モンスターさんなら魔法で倒すだけでお料理になってくれるのですけれども、普通の動物だとそうもいきませんわ……。

ウサギさんを料理するには、毛をむしったり皮をはいだり内臓を取り出したりしないといけないのですけれども、ワタクシそんなことできませんわ。

でも、ワタクシウサギさんのお肉の美味しさはよく知っているのですわ。

逃がしてあげるのはあまりに勿体《もったい》ないのですわ！

ムムムですわ。

そんな時。ワタクシは後ろに気配を感じましたわ。振り返ると――

「あら、ユクシーさんではありませんの。ごきげんよう」

「こ、こんにちは。シャーロットお姉さん」

これはいいタイミングでお会いできましたわね。

「ユクシーさん、ウサギさんの調理の仕方はご存じかしら？」

「え？」

「半分差し上げますので、このウサギさんを調理してくださいませんこと？」

「えええ～⁉」

――1時間後。

「美味しいですわ～！」

「美味しいね、シャーロットお姉さん！」

ワタクシ、ユクシーさんにウサギさんのお肉を半分差し上げる代わりに、お料理してもらいましたわ。

ユクシーさんは慣れていらっしゃるようで、手際よく肉炒《いた》めを作ってくださいましたわ。

感謝ですわ～！

「この味付けは……塩かしら？　ユクシーさんは試験に調味料を持ち込んでいましたの？」

「ううん、私のギフト【錬金術】で用意したんだ」

ユクシーさんが、近くに落ちていた小石を握りますわ。

「ギフト【錬金術】、発動」

　ユクシーさんの手の中が光りますわ。手を開けると、石は塩の塊になっていましたわ。

「雑草をハーブに変えたりもできるよ。私は貧乏で保存食が買えなかったから、ダンジョンに長い間潜るときはこうやって調味料を現地調達して、モンスターを食べてたんだ」

　そこでユクシーさんは、『しまった』という顔になりますわ。

「育ちが良《い》いシャーロットお姉さんは、モンスターを食べるなんて聞いたら怖がるよね」

「そんなことありませんわ！」

　ユクシーさん、驚いたような顔をなさりますわ。

「ワタクシも、モンスターさんを食べるのは大好きですわ。ユクシーさん、ワタクシと協力しませんこと？　一緒にモンスターさんを狩って、美味しく食べましょう！　試験も、２人でチームを組んだ方がうまくいきますわ」

　我ながら名案ですわ～！

　ユクシーさんは少し考えるような仕草をして。

「私なんかで良ければ……よろしくお願いします」

　こうして、ワタクシとユクシーさんのチームが結成されたのですわ。

「そうと決まれば早速モンスターさんを狩りに行きますわ」

「おー！」

　ワタクシは集中して、モンスターさんの気配を探しますわ。

「見つけましたわ。ここから300メートルほどでしょうか。中型モンスターさんの群れがいらっしゃいますわ」

「きっと〝シルバーホーン〟だよ。角が銀でできている鹿モンスターなんだ」

「鹿モンスターさん！　いいですわね、美味しそうですわ。早速捕まえてきますわ」

「難しいよ。シルバーホーンは、警戒心が強くて逃げ足も速いんだ。私もさっき見つけて捕まえようとしたけど、すぐ逃げられちゃった……」

――15分後。

「捕まえてきましたわ」

ワタクシ、〝ステルス〟の魔法で透明になって鹿モンスターさんに近づき、〝パラライズ〟で麻痺させてきましたわ。それも5頭！　お腹《なか》いっぱい食べられますわ。

アイテムボックスから鹿モンスターさんを取り出してユクシーさんにお見せしますわ。

「凄《すご》い！　アイテムボックスだ！　本物見るの初めて！　いいなぁ、中に何が入ってるの⁉」

「ふふふ。いろんなものが入っていますわよ。テントやベッドも入っていますわ～」

ユクシーさん、大はしゃぎですわ。耳をピコピコ動かしてはしゃぐその姿、とっても愛らしいですわ～。

「ではユクシーさん、仕上げをお願いしますわ」

「うん、後は任せて！」

ユクシーさんが鹿モンスターさん達《たち》にとどめを刺してお料理を始めますわ。

　ワタクシが魔法で倒すと、ワタクシしか食べられないお料理になってしまいますわ。なので、一緒に行動している間はユクシーさんにとどめを担当してもらうことにしましたわ。

「できた～！」

　料理が出来たのは陽が沈むころ。ちょうど晩御飯にいい時間ですわ。

　今日のメニューは、鹿肉のステーキですわ！

　ワイルドな感じがしてイイですわね……！

「「頂きます!!」」

　ぱくり。

　美味しいですわ～。

　魔法でモンスターさんを倒して出てくる料理は、肉のジューシーさが普通のお肉よりも圧倒的に上ですわ。

　ですけれども。

　自分で獲《と》ってきたお肉を、自然の中で料理して（今回ワタクシは見守っていただけですけれども）食べるというのは、風情があってとても良いものですわ！

「このステーキ、とっても美味しいですわ！　こちらのお料理を作ったシェフはどなたですの～!?」

「わ、私がシェフです……」

　ユクシーさんが控え目に手をあげますわ。

「素晴らしいですわ！　ユクシーさんに三ツ星を差し上げますわ！」

「えへへ……ありがとう、シャーロットお姉さん」

ユクシーさん、はにかんでらっしゃいますわ。

こうしてワタクシたちは、楽しく食事を終えましたわ。

「ねぇシャーロットお姉さん、モンスターの食べなかった部位の素材、貰《もら》っていいかな？」

「もちろんですわ。でもそんなもの、何に使いますの？」

「【錬金術】の材料に使うんだ」

ユクシーさんは鹿モンスターさんの、内臓や皮に向かって手をかざしますわ。

「ギフト【錬金術】、発動」

すると、モンスターさんの素材がくすんだ色の粉に変わりましたわ。

「モンスターの素材は、火薬の上質な素材になるんだ。これを使って、寝床の周りに罠《わな》を張っておくと安心して寝られるんだ」

「なるほどですわ～」

そしてワタクシ達は、今日の野営地の準備を始めましたわ。

ワタクシが昨日の夜上手《うま》く張れなかったテントを、ユクシーさんはテキパキと組み立ててくれましたわ。

「やっぱりユクシーさんは凄いですわ」

「えへへ、ありがとうございます。でも、シャーロットお姉さんの方が凄いよ。こんな大きいテントに、ベッドまで持ち込めちゃうんだもん」

テントの中にベッドを設置しますわ。これで快適に眠れますわ～。

「さぁユクシーさん、お休みにしましょう」

ワタクシはユクシーさんを抱きしめてベッドに寝ころびますわ。

「ふぇ!?　私は寝袋でいいのに……！　ベッドが狭くなっちゃうよ」

「ユクシーさんは小柄ですから問題ないのですわ」

ワタクシが抱えていると、ユクシーさんは腕の中ですぐに寝てしまいましたわ。

無理もないですわ。昨日も沈没する船から島まで泳いで来たりして、疲れているはずですもの。

ユクシーさんの寝顔を見ていたら、ワタクシも眠くなってきてしまいましたわ。

「おやすみなさいまし……」

こうして、最終試験初日は無事終了したのですわ。


（……尾行されているな）

最終試験２日目。

森の中を１人歩くアウゼス王太子は、追跡してくる気配を察知していた。

彼は、慌てる様子はなく淡々と足を進める。そして、開けた空間に出たとき。

「「よう、仮面野郎」」

アウゼス王太子を挟み込むように、２人の冒険者が現れる。１人は突剣、もう１人は大剣を構え

ている。

「恨むなよ。この試験じゃチームを組んで複数人で１人を襲うのもアリだ」

「しばらくつけて様子を見ていたが、アンタは１人で行動してるみたいだな」

２人の冒険者は、勝利を確信して笑う。

「覚悟しな、仮面野郎！」

２人の冒険者が、全く同時にアウゼス王太子の左右から攻撃を仕掛ける。

〝ガキン！〟

金属音が森に響く。アウゼス王太子は、大剣を片手剣で受け、突剣を指で挟んで止めていた。

２人の冒険者が渾身《こんしん》の力を込めているがビクともしない。

「馬鹿な、２人がかりだぞ……！」

「こいつ、どんな腕力してやがる！」

アウゼス王太子の手が、軽やかに動く。２人の冒険者が掛けてくる力を鮮やかに受け流し転倒させた。

「ぐっ……！」

２人の冒険者が尻もちをつき、立ち上がろうとするが――。

「悪いね。〝これ〟は貰っていくよ」

アウゼス王太子はいつの間にか、２人の首から下がっていたペンダントを掠《かす》め取《と》っていた。

「馬鹿な、いつの間に⁉」

試験失格となった２人の冒険者が、膝をついて落ち込む。

勝負がつき、アウゼス王太子が戦闘態勢を解く。

――その時。

はるか遠くから、彼の背中めがけて矢が飛来した。

〝キンッ〟

彼は手にした剣で背中の方を見もせずに矢を弾き落とす。

「……嘘だ。背中の方を見もせずに矢を弾き落とすなんて」

大剣を持っていた冒険者が呟《つぶや》く。

「君たちが開けた場所で襲ってきた時点で、仲間の弓使いが狙ってきていることは分かっていた。周囲の地形から、射撃地点はあの岩山以外あり得ない。油断したフリをすれば、射撃が来るタイミングも僕の方で操れる。方向とタイミングさえ分かれば矢を弾き落とすことなんて容易《たやす》いさ」

２人の冒険者は、呆然《ぼうぜん》とアウゼス王太子の説明を聞いていた。

アウゼス王太子からは見えないが、岩山に潜伏していた弓使いは顔を真っ青にして逃げ出していった。

こうしてアウゼス王太子は必要なペンダントをあっという間に集め終えたのだった。


――最終試験４日目。

ワタクシ達は、モンスターさんを食べながら楽しく試験をこなしていましたわ。

ワタクシがモンスターさんを見つけて麻痺させて。

ユクシーさんがとどめを刺して料理する。

このコンビネーションで、試験の間食事に困ることはありませんでしたわ。

そしてモンスターさんの余った素材はユクシーさんが火薬に変えて、拠点の周りを守る罠に使っていますわ。

ペンダント集めの方も順調に進んでいますわ。

小さな洞窟に隠れている２人組を見つけて、ユクシーさんが気を引いているうちにワタクシが姿を消してコッソリと頂いてきましたの。

ペンダントは合計５つ。ワタクシ達２人とも合格するには、あと１つ必要ですわ。

でも今はペンダントのことは忘れて――

「「いただきまーす！」」

ユクシーさんが作ってくださったお料理を楽しむとしますわ！

今日のメニューはユクシーさんが作ってくださった、サソリモンスターさんの蒸し焼きですわ！

尻尾の部分のぷりぷりのお肉に、ユクシーさんが【錬金術】で用意してくださったレモンをかけて食べるととても美味しいのですわ！

【錬金術】。素晴らしいギフトですわ……。

だけどもユクシーさん、こんなに美味しいものを食べているのにどこか浮かない顔をしているのですわ。

「ユクシーさん、何か悩み事でもありますの？」

「へ⁉　う、ううん！　何も無いよ！　私、大丈夫だから」

ユクシーさん、隠し事が下手ですわ〜。

何か悩んでらっしゃいますのが丸わかりですわ。

でも、相談いただけないということはワタクシには解決出来ない問題ということ。下手に尋ねるのは良くない気がしますわ。心配ですけれども、ここは見守ることにしますわ。

……等と考えていたら、あっという間に食べ終わってしまいましたわ。

「さぁ、水浴びして今日はもう寝ますわよ〜」

「はーい！」

テントに戻って、いつものようにワタクシはユクシーさんと一緒にベッドに入りますわ。

「シャーロットお姉さん、ごめんね……」

寝る直前、隣にいるユクシーさんが何故か謝っていらっしゃいましたわ。


――――――

――――

――


「……？　なんだか、寒いですわ……」

ワタクシ、深夜にテントの中でふと寒さで目を覚ましてしまいましたわ。

「……ユクシーさん？」

一緒に寝ていたはずのユクシーさんが、何故かいらっしゃいませんわ。代わりに、ユクシーさんが持っていた分の冒険者ギルドのペンダントが枕の上に置いてありますわ。

――何故？

ワタクシ、しばらく待っていたのですけれどもユクシーさんは戻って来ませんでしたわ。

「お手洗い、ではないようですわね……？」

なんだか嫌な予感がしますわ。

今日もなんだか様子がおかしかったですし、ただ事ではない気がしますわ。

ワタクシ、急いで着替えてユクシーさんを探しに出ましたわ。

# 第七章　討伐不可能と言われたモンスターを食べますわ

——深夜。少し時は遡《さかのぼ》る。

ユクシー・サラーティは息を殺して、ひっそりとシャーロットの寝ているベッドから抜け出した。

「シャーロットお姉さん、本当にごめんなさい……」

冒険者ギルドのペンダント2つを枕元に置き、音を立てないようにテントの外に出る。

「この数日、本当に楽しかったなぁ」

ユクシーは名残惜しい思いでいっぱいだった。本当は、あの温かいベッドに戻りたい。シャーロットと一緒に、またモンスターを料理して食べたい。

だが彼女には、どうしてもやらなければならないことがあった。

「じゃあね、シャーロットお姉さん」

ユクシーは1人歩きだす。向かったのは、島の中央にある巨大洞窟。看板には、目立つ文字で『立ち入り禁止』と書かれている。

ユクシーは洞窟に迷いなく踏み込んだ。音を立てないよう慎重に洞窟の奥へと向かっていく。

「……やっと、見つけた」

そこでは、頭が3つある巨大な蛇が眠っていた。胴の太さはユクシーの背丈をはるかに超えている。

島の中央に眠る超大型モンスター〝孤島の主《ぬし》〟。

40年前冒険者ギルドに発見された、３つの頭を持つ突然変異種蛇モンスターである。

年に一度、決まった時期にしか目を覚まさず、また積極的に人間を襲わないため放置されている。

戦闘能力は極めて高く、冒険者ギルドは〝討伐不能〟という判断を下している。

そして今、ユクシーは1人で孤島の主を討伐しようとしていた。

ユクシーはギフト【錬金術】で柔らかくしながら洞窟の壁を掘り、シャーロットと協力して作った火薬を次々埋め込んでいく。そして、導火線を設置して洞窟の出口へ向かう。

外で月を見上げて、彼女はようやく息をついた。

――ユクシー・サラーティは辺境の山間部にある獣人種の村の生まれである。

家族は両親と妹。幸せにあふれた家庭だった。だがユクシーが10歳になる年、その幸せは崩れ去る。

村が毒を持つモンスターに襲われたのだ。村で生き残ったのは、ユクシーと妹のエレナだけだった。

そして、エレナもまた猛毒に侵されていた。

身体《からだ》に入った量が少ないため進行が遅く済んでいるが、それでも確実にエレナの体を毒がむしばんでいく。

『エレナさんの体は5、6年しか持たないでしょう。〝孤島の主〟と呼ばれるモンスターの毒液から作れる〝万能解毒薬〟があればエレナさんを助けることができるかもしれませんが……』

という医者の言葉を頼りに、ユクシーは冒険者登録した。

エレナの入院費稼ぎも兼ねて必死にモンスターを倒し、実力と冒険者ランクを身に着けていった。

そして今、ユクシーの計画がついに始まる。

「待っててねエレナ。必ず助けてあげるからね……！」

覚悟を決めて、ユクシーは点火装置を起動する。導火線を伝って、洞窟の中の火薬が連続で爆発する。

支えを失った洞窟が崩れていく。

〝ズズウウウウウゥン……!!〟

島全体に響き渡るほどの低い音が響いた。

洞窟の天井は、ユクシーの狙い通り〝孤島の主〟に直撃した。しかし。

〝〝〝シュルルル……！〟〟〟

爆破された洞窟の瓦礫《がれき》を押しのけ、怒り狂う〝孤島の主〟が現れた。

「そんな……！　あれを喰《く》らって生きてるなんて」

ユクシーが絶望しながらも、ハンマーを構えて突撃する。

孤島の主が尾を振るって、ユクシーを近くの樹《き》に叩《たた》きつける。たった一撃で、ユクシーは戦闘不能に追い込まれた。

「ごめんなさい……」

死を覚悟したユクシーは謝罪の言葉を口にした。

それは、助けられなかった妹への。迷惑をかけてしまった冒険者ギルドへの。そして、火薬集めのために利用したシャーロットへの言葉だった。

孤島の主が中央の頭をもたげ、顎を開く。電撃のブレスが放たれ、そして——

「〝プチファイア〟ですわ！」

飛んできた炎の塊に打ち消された。

夜が明けて、辺りに仄《ほの》かな陽が差す。

昇り始めた太陽を背に、シャーロットが立っていた。

「シャーロットさん、どうしてここに……⁉」

ユクシーは混乱していた。

心の中に、いくつもの感情が渦巻いている。

無力感。

罪悪感。

そして、圧倒的な安心感。

シャーロットがいればもう何も怖くない。不思議とそう思えた。

「シャーロットお姉さん、頑張って……！」

彼女ならあの孤島の主もなんとかしてくれる、そんな気がした。

するとシャーロットは、

「あら？　今ユクシーさんの声がしましたかしら？」

と振り向いて。

〝シャアアァ！〟

よそ見をしたことで電撃ブレスをモロに喰らった。

「シャーロットお姉さん!!」

ユクシーの悲鳴が島に響く。しかし。

「ビリッとしましたわ！」

ブレスの中から、無傷のシャーロットが現れた。

「……へ？」

ユクシーには、シャーロットが一体何を言っているのか理解できなかった。

「お屋敷《やしき》にいたころのことを思い出しましたわ！　冬にドアを開けようとしたときパチってなるんですわ！　ワタクシ、あれ大っ嫌いですの！　よくもやって下さいましたわね！」

「えええ……？　あのブレスを、静電気扱い？」

ユクシーは、半ば呆《あき》れていた。

そこからブレスと魔法の凄《すさ》まじい撃ち合いが始まった。

孤島の主が2つの頭からそれぞれ電撃と冷気のブレスを連射する。シャーロットがそれを片っ端から〝プチファイア〟で打ち消していく。

シャーロットの魔法の連射性能は高いが、頭2つでブレスを放つ孤島の主は更にその上を行く。

シャーロットが連射で撃ち負けた。

打ち消されなかった冷気のブレスがシャーロットに直撃し――

「へっくし！」

シャーロットにくしゃみをさせることに成功した。

……ただ、それだけだった。

「寒いですわ！　よくもやってくれましたわね！　風邪をひいてしまったらどうしてくれるんですの！」

孤島の主の冷気ブレスは、池を丸ごと1つ凍らせる威力がある。

しかしシャーロットの２００を超える圧倒的防御力パラメータと、属性魔法の威力を半減させる〝全属性魔法耐性〟の前では冷たい風でしかない。

〝〝〝シャアアアァ!!〟〟〟

孤島の主の第3の頭が口を開き、濃い紫の霧を吐き出した。

「シャーロットお姉さん、逃げて！」

霧を見た瞬間、ユクシーは反射的に叫んでいた。

毒の霧に触れるや否や、岩山の端々にわずかに生えていた草や木が一瞬で枯れていく。

そんな霧を、シャーロットは避けもしなかった。

「げほっげほ！　この霧！　煙たいですわ～！」

「……」

ユクシーはもはや何も言う気がなくなっていた。

〝状態異常完全遮断〟を持つシャーロットには、毒は一切効かないのだ。

霧が晴れると、無傷のシャーロットが現れる。

〝〝シャ……⁉〟〟

孤島の主は、初めて遭遇する〝天敵〟に背を向けて、全力で逃げようとした。

だが、逃げ切る事は出来なかった。

「〝プチファイア〟ですわ！」

シャーロットの放つ火炎魔法が、容赦なく孤島の主を焼く。

そして——1本の牙を残し、本体は巨大な皿に山盛りのから揚げになった。

大の大人程の大きさがある牙の前で、シャーロットはしばらく立っていた。

そして、ユクシーの方へ歩いてくる。

戦いの一部始終を見ていたユクシーは身構える。

シャーロットを利用していたこと、孤島の主を目覚めさせてしまったことを怒られるのだと思った。

だが、

「ユクシーさん。お気に召すのであればあちら、差し上げましょうか？」

シャーロットは孤島の主が残した牙を指さす。

牙の中には、たっぷりと万能解毒薬の材料となる毒が含まれている。ユクシーにとって、妹を救うために必要な、何を差し出しても手に入れたいものだった。

フっ

市場に出せばいくらの値が付くかわからない。

そんな代物を、シャーロットはあっさりとユクシーに差し出した。

「……あ」

言葉を絞り出す。

「ありがとうございます！　ありがとうございます……」

ユクシーは、泣きながら何度も頭を下げる。

シャーロットは何も言わず、優しくユクシーの頭を撫《な》でるのだった。


やっっっってしまいましたわ！

ワタクシ、ユクシーさんの獲物を横取りしてしまいましたわ！

まず先程ワタクシ、テントの中で目が覚めて、ユクシーさんがいらっしゃらないことに気付きましたわ。

なにやら嫌な予感がしてユクシーさんを探して島の中を歩き回っていたところ、大きな物音がしたのですわ。

何事かと思って様子を見に行ったところ、なんとびっくりするほど大きな蛇モンスターさんがいらっしゃるではありませんか。

丁度夜中でお腹《なか》も減っていましたし、夜食に丁度いいと思ったのですわ。

蛇モンスターさんもタダではやられまいと攻撃してきまして、ビリッとしたり寒かったり煙たかったりしましたけれど、何回か魔法を使っていたらいつもと同じように料理にできましたわ。

けれども。

よく見ると、実はユクシーさんが先にこの蛇モンスターさんと戦っていたご様子。

ワタクシには分かりますわ。

ユクシーさんは夜お腹が空いて目が覚めて。

美味《おい》しそうな蛇モンスターさんがいたから追いかけて。

さぁ倒すぞ、というタイミングでワタクシが横取りしてしまったのですわ。

ユクシーさん、地面に腰を下ろして力なくワタクシを見上げていますわ。

きっと、お腹が空いて立てないのですわ。

蛇モンスターさんは、ワタクシのギフト【モンスターイーター】の効果でお料理になってしまいましたわ。

あの料理は、ワタクシ以外が口にしようとすると消えてしまうもの。ユクシーさんに分けて差し上げることは出来ないのですわ。

ワタクシ、ユクシーさんの折角の夜食を横取りしてしまいましたわ……！

せめてお詫《わ》びの気持ちを示そうと、何かあの大きな蛇モンスターさんの素材でもお渡しできればと思ったのですけれども……。

「こんな物しかありませんわ」

巨大な蛇の牙。

これを欲しがる方は相当のもの好きですわ。

象牙であれば髪飾りなどに加工できるのですけれども、蛇の牙の装飾品は聞いたことがありませんわ。

しかも何やら、変な色の液体が滴っておりますわ。

……とはいえ。

今のワタクシが渡せるものと言えばこんなものしか無いのですわ。

「ユクシーさん。お気に召すのであればあちら、差し上げましょうか？」

ワタクシ、恐る恐るユクシーさんに尋ねますわ。

——すると意外にも。

「ありがとうございます！　ありがとうございます……」

ユクシーさん、すっごくありがたそうに頭を下げていますわ。

……なんですの？

あまり人の趣味に口出しするのは良くないと思うのですけれども。

変わった趣味をしてらっしゃいますわ……！

意外ですわ。

あんな大きな牙、どうするおつもりなのでしょう？

まぁ、ユクシーさんに喜んでいただけたなら何よりですわ。

ユクシーさんにも満足いただけたところで、心置きなくモンスターさんの料理を食べられますわ！

ワタクシ、さっきから置いてある蛇料理のことがもう気になって気になって仕方ないのですわ！

満を持して頂きますわ！

蛇を食べるということにワタクシ、抵抗がないと言えば嘘《うそ》になりますわ。

でもそれ以上に、美味しそうで仕方ないのですわ。

ワタクシの前にあるのは、巨大なお皿に載った山盛りのから揚げ。1つ1つの大きさは普通ですが、大量にお皿に載っていますわ。

「美味しいの確定ですわ～！」

美味しいものは油と糖分で作られていますわ。つまり油をたっぷり使うから揚げである時点で美味しいのは確定。

まして、今回はあの巨大な蛇さんのお肉を使った料理。

モンスターさんの料理は、気配が大きいほど美味しいという法則がありますわ。

それでいくと、巨大蛇さんはかつてないほどの美味しさということになりますわ。

巨大蛇さんのお肉が、から揚げになっている。

もはやこれは味の最強タッグですわ。最高に美味しいこと間違いなしですわ！　早速頂きますわ！

〝じゅわあっっ……！〟

美味！

美味！

美味ですわー!!

口の中で美味しさが爆発しますわー！

堪《たま》りませんわなんですのこれ美味しすぎますわ！

パクパクですわ！

美味しさが口の中から脳まで一気に流れ込んできて、感覚が研ぎ澄まされていきますわー！

感覚が、どんどん研ぎ澄まされていって——

——なんでしょう、この感覚は。

まるで、時間の流れが遅くなったような？

もしやこの現象は——

「ワタクシ、ゾーンに入っているのですわ！」

ゾーン。

一流スポーツ選手や芸術家が極限状態でのみ入ることができる、集中が限界まで高まった状態ですわ。この状態になると、まるで時間の流れが緩やかになっているかのように感じられるのですわ。

ワタクシ、限界を超えたから揚げの旨味《うまみ》によって脳が活性化して、ゾーンに入ることができたのですわ。

ゾーンに入ったおかげで、ゆっくりとした時間の中でより繊細にから揚げの旨味を感じることができますわ。

舌の上でお肉の繊維がほどけていく感触を、ワタクシ、スローモーションの世界で体感していますわ！　この触感だけでもう堪りませんわ。

そして旨味がたっぷりと溶け出した油が溢《あふ》れ出《だ》し、舌の上に広がっていくのもじっくりと楽しむことができますわ。

いつもなら一瞬で過ぎ去ってしまうこの瞬間を、じっっっくりと味わうことができますわ。

ゾーン最高ですわ！

ワタクシ一心不乱にから揚げを口に運び続けますわ。

そして――。

「ワタクシ、大満足ですわ～！」

巨大なお皿に山盛りになっていたから揚げが、とうとう残り1個になりましたわ。

そのときですわ。

『ユニークモンスターを食べたことによりレベルが40上がりました』

『〝孤島の主〟捕食ボーナス。時間魔法〝タイムストップ〟を修得しました』

いつもより早く耳鳴りがしましたわ。

タイムストップ……？　便利そうな名前の魔法ですわね。

でもそんなことより、今は最後の1個のから揚げですわ！

どんな食べ物でも〝最後の1つ〟というのは特別なのですわ。

この最後の1つは、たとえナイフを突きつけられても譲る気はありませんわ！

思えば、山盛りのから揚げを食べ始めてからここまで長かったような短かったような。泣いても笑っても、あと1個。

ワタクシ、最後の1個を口に運ぼうとして——。

〝ポロッ〟

落としましたわー！

ワタクシとしたことが、大事な大事な最後の1個を落としてしまいましたわ！

ゾーンに入っているので、ワタクシの目にはから揚げが落ちていく様子がスローモーションで映りますわ。

運の悪いことに、足元はぬかるみ。落ちてしまったものは食べられなくなってしまいますわ。

から揚げはもう地面寸前、とても今からキャッチしようとしても間に合いませんわ！

……そうですわ、こんなときこそ！

「〝タイムストップ〟ですわ！」

その瞬間、世界が停止しましたわ。

ワタクシ以外に、何一つ動いているものはないのですわ。風に飛ばされている木の葉さえピクリとも動かず浮いたままですわ。

思った通り、〝タイムストップ〟は時間を止める魔法なのですわ。

から揚げも地面寸前のところでピタッと止まってらっしゃいますわ。

ワタクシが屈《かが》んでフォークで刺すと、から揚げは問題なく動かせましたわ。

どうやら、時間停止中もワタクシが指定したものは動けるご様子。

という訳で、ワタクシは救い出した最後の１つのから揚げを口に運びますわ！

「最後の１つはやはり格別ですわ～！」

こうしてワタクシ、無事に最後の１つのから揚げを食べることに成功しましたわ。

10秒程度でしょうか？　魔法の効果が切れて、時間が動き出しますわ。

「孤島の主が討伐されたというのは本当か⁉」

血相を変えた試験官のロードリックさんが補佐官さん達《たち》を連れてやって来ましたわ。

「君が討伐したのか。あの凄まじい戦闘跡はなんだ。一体どんな魔法を撃ち合えばあんな痕跡が残るんだ⁉」

さっきからお話に出てくるその〝孤島の主〟ってなんなんですの？

『知っていて当然だよね？』みたいな風に言われましても、ワタクシ存じませんわ～。

「だが、勝手なことをされては困る。あの孤島の主を無断で目覚めさせて――」

「孤島の主？　何のことですの？　ワタクシが倒したのは、ただの大きい蛇ですわよ。大きな蛇モンスターさんを倒してはいけない、なんて決まりはなかったですわよね？」

「は？」

「さっきの大きな蛇モンスターさんでしたら、ワタクシ倒してから揚げにしてしまいましたわよ？」

「……は。はははは！　そうか、美味《うま》そうな蛇を倒して食べただけか！　面白いことを言う。細かいことを気にしてた私が馬鹿だった。世界は広いなぁ。はっはっは！」

ロードリックさん、大笑いしてらっしゃいますわ。

何が、何がおかしいんですの～⁉

「ところで、ペンダントは３つ集まったか？」

ロードリックさんが急に尋ねてこられますわ。

「いえ。まだ１つ足りませんわ」

ワタクシ達が持っているのは５つ。１人３つ必要ですから、ワタクシとユクシーさんが合格するにはあと１つ足りないのですわ。

「そうか。では、これを渡しておこう」

そう言って、ロードリックさんがペンダントを差し出しなさいますわ。

……なんでですの⁉

「孤島の主を討伐してくれたことについて、冒険者ギルドを代表して礼を言いたい。本当にありがとう。我々は戻るとするよ。試験終了まで、気を抜くんじゃないぞ」

そう言って、ロードリックさんは試験補佐官さん達を連れて去っていきますわ。

「なぁ君。受験生の１人が孤島の主をソロで倒して。から揚げにして全部喰べちゃいました。と報告して本部の人間は信じてくれると思うか？」

「信じるわけないじゃないっすか。俺なら絶対信じません。つまらないジョークとして聞き流しますね」

「だろうな。さて、なんと報告書を書いたものか……」

　頭をかきながら、ロードリックさん達は立ち去って行きますわ。

　……だからその、孤島の主ってなんなんですの⁉

　そしてそれからは何事もなく試験が終了し。

　ワタクシとユクシーさん、無事に最終試験に合格しましたわ！

---

シャーロット・ネイビー　ＬＶ１０９
◇◇◇パラメータ◇◇◇
○ＨＰ：95／95　○ＭＰ：１５２／１５２
○筋力：81　○魔力：１２７
○防御力：１０４（＋ボーナス１４６）　○敏捷《びんしょう》：69
◇◇◇スキル◇◇◇
○索敵ＬＶ8　○オートカウンター（レア）
○無限アイテムボックス（レア）　○状態異常完全遮断（レア）
○全属性魔法耐性（レア）　○オートヒールＬＶ10
○ナイトビジョン　○防御力ブースト
◇◇◇使用可能魔法◇◇◇

○プチファイア
○パラライズ
○ファイアーウォール
○ウォーターショット（威力＋4）
○グラビティプレス

---

○プチアイス
○ステルス
○トルネード
○バブル
○タイムストップ［Ｎｅｗ‼］

# エピローグ　高級レストランで食べる魚料理も美味《おい》しいのですわ

ワタクシ達《たち》は船に乗せられて帰って来ましたわ。

正直申し上げますと、『最後まで油断してはいけない、ここからが本当の最終試験だ！』等と言ってまた船が沈没しないかヒヤヒヤしていましたけれども。無事に冒険者ギルドまで戻ってくることができましたわ。

「シャーロット・ネイビー。プラチナ級試験合格だ。おめでとう」

冒険者ギルドの偉い方からカードを頂きますわ。

ついに。

ついに！

レストラン〝冒険者ギルド〟のプラチナポイントカードゲットですわ！

上品な輝き。重厚感、光沢。

イイですわね……。

この高級感、堪《たま》りませんわ。ずっと眺めていたいですわ。

プラチナポイントカード所有者限定のメニューはあるのでしょうか。帰ったらさっそく聞いてみますわ！

「プラチナ級冒険者諸君、あらためておめでとう。諸君には、プラチナ級として相応のふるまいを期待する。それでは、解散！」

こうして、長かったプラチナ級昇格試験は幕を閉じたのですわ。

無人島からの船での移動時間やカードの発行待ち時間などもあって、もう夕方ですわ。

ワタクシもユクシーさんも明日朝の乗合馬車で帰るので、今夜はミウンゼルの街に泊まりますの。

そして今日は最後にもう1つ、やるべきことがあるのですわ。

「ユクシーさん、今からレストランに行ってプラチナ試験お疲れ様会をしませんこと？」

「賛成です！　私も、最後にもっとシャーロットお姉さんとお話ししたかったです！」

ユクシーさん、ぴょんぴょん飛び跳ねて喜んでいらっしゃいますわ。

「実はプラチナ昇格試験にワタクシの殿方の友人も参加していたのですけれど、彼もお誘いしてよろしいかしら？」

「もちろん！　シャーロットお姉さんの友達なら大歓迎です！」

というわけで、殿下もお疲れ様会に誘うことになりましたわ。

「やぁ、シャーロットさん」

噂《うわさ》をすれば何とやら。なんと殿下の方から声をかけてきてくださいましたわ。

「今日はこのあと暇かな？　良ければ——」

「暇ではありませんわ。今からこちらのユクシーさんと一緒にお疲れ様会をやるところですの」

「なんだって⁉　シャーロットさんに、先約だと……？」

殿下、生気が抜けたように崩れ落ちてしまいましたわ。

生きる希望など何もない、と言わんばかりの顔ですわ。

「もちろん、殿下もお誘いするつもりでしたわ。ワタクシ達と一緒に、プラチナ昇格試験の思い出を語り合いませんこと？」

「もちろん行くとも！」

殿下が元気になって立ち上がりましたわ。

先程の様子が嘘《うそ》のようですわ。

拳を天に突き上げて、喜びを全身で表現してらっしゃいますわ。

ワタクシは、ユクシーさんとアウゼス殿下を（殿下はアウロフという偽名で）お互いに簡単に紹介しますわ。

「さて、お店はどちらにしましょうか？　ワタクシが取っていた宿の近くにレストラン街がありましたので、そちらを探して――」

「ま、待った！」

珍しく、殿下がワタクシの言葉を遮りますわ。何故《なぜ》だか拳を固く握ってらっしゃいますわ。

「今日はいい天気だね――じゃない！　お、美味しい魚料理を出す良《い》い店を知っているんだ。良ければこちらにしないかい？　案内するよ」

「あら、アウロフさんがエスコートして下さるなんて珍しいですわね。どんなお店なのか、楽しみですわ」

「わ、私も楽しみです……！」

「では行こう。馬車も用意してあるんだ」

という訳で。殿下に連れられて、殿下オススメのお店にやって来ましたわ。

着いたのは、海辺の格調高いレストラン。それも、最上階の個室に案内されましたわ。

「いいですわね～このお店。内装も雰囲気がありますし、窓から見える景色も綺麗《きれい》ですわ」

「私、こんな高級そうなお店来たの初めて……！　どんな料理が出てくるか、楽しみだなぁ」

「2人に喜んでもらえて、僕も嬉《うれ》しいよ」

殿下がガッツポーズをしてらっしゃいますわ。本当に嬉しいのでしょうね。おもてなし精神が凄《すご》いですわ。

「落ち着いたところで、改めて紹介しますわ。こちらはユクシーさん。この街に来る途中の馬車で知り合った友達ですわ。最終試験では、ずっと一緒に行動していましたの」

「よ、よろしくお願いします」

ユクシーさんがペコリと頭を下げますわ。ユクシーさん、ワタクシが差し上げた蛇さんの牙から取り出した何かの液をずっと大事そうに持ち歩いているのですけれども、何に使うのでしょうか？

「そしてこちらが――」

ワタクシからあまり殿下の素性を話してしまうのも良くないですわね。ワタクシ、殿下に目配せしますわ。

殿下は仮面を外して名乗りますわ。

「ユルケヤ王国王太子、アウゼス・ローデンハイムだ。気を遣わず、プラチナ級冒険者仲間として気楽に接してほしい。よろしく」

　ユクシーさん、硬直してしまいましたわ。

「ほん、もの……⁉」

「ワタクシが保証しますわ。この方、本物の王太子ですわ」

　ユクシーさん、泣きそうな表情になっていますわ。

「本物のアウゼス王太子だぁ……！　えっと、私、アウゼス殿下の大ファンです……‼　お会いできて、本当に、本当にうれしいです……」

「あらユクシーさん、アウゼス殿下のファンでしたの？」

「うん。アウゼス殿下はね、国中で一番女性ファンが多いんだよ」

　知りませんでしたわ。

「殿下、意外と女性たらしですのね」

「待ってくれシャーロットさん！　誤解だ、誤解なんだ！　僕からは一切女性に対してアプローチしたことはないんだ。その点だけ信じてほしい！」

　手をブンブン振って弁明しますわ。

　……逆にここまで否定すると、なんだか怪しいですわ。

「私ね、モンスターに村を襲われてお父さんとお母さんが死んじゃって、妹の面倒も見ないといけないから全然お金が無かったんだけど……自由に使えるほんの少しのお金は全部殿下のグッズに使ったんだ！　ブロマイドとか」

「ブロマイドって……何かの役に立つんですの？」

「うん！　辛《つら》い時や苦しい時に、ブロマイドを見ると元気が湧いてくるんだ！」

そこで殿下が切り出しますわ。

「そういえば、レストランに来る途中気になっていたんだが。もしかして君の今着けている腕輪も……」

「はい。さり気なく王家の紋章と殿下のイメージカラーを取り込みながら普段使いできるようになった王家公認アウゼス殿下グッズです。分かる人だけ『あ、この人もアウゼス殿下推しなんだ』って分かるようになってるんです」

「あらあら？　随分商魂逞《たくま》しいですわね、殿下？」

「それも誤解だシャーロットさん！　確かに王家公認だがこれは僕の起案ではなく財務部が無理やりに……」

またまた殿下が手をバタバタさせますわ。

「殿下、こんなに熱心に慕ってくださる可愛《かわい》らしいファンは大事にしないとだめですわよ？　サービスで握手くらいしてあげたらどうですの？」

「もちろんいいとも」

殿下は手を差し出しますわ。

「ひゃあ！」

ユクシーさん、急いでナプキンで手を何度も拭いますわ。そして恐る恐る、アウゼス殿下の手を握りますわ。

「凄い。生殿下と握手できるなんて……」

ユクシーさん、目に涙をにじませて喜んでいますわ。

楽しそうですわね～。

「ありがとうございました！　一生の思い出にします！」

ユクシーさんが楽しそうで何よりですわ。

……折角ですしなんだかワタクシもやってみたくなってみましたわ。

「殿下、ワタクシとも握手してくださる？」

と言って。ワタクシ殿下の手を握ってみますわ。

「ひゃあ！」

殿下がすっとんきょうな声を出しますわ。

「あら？　子供のころはワタクシの方が大きかったのに。いつの間にか殿下の方がずっと大きくなっていますわね。それに逞しくなって」

ワタクシ、殿下の手と自分の手を合わせて大きさを比べてみたりしますわ。

「ままま、待ってくれシャーロットさん。急にそんなことされると、刺激が強すぎる……！」

殿下は何か言いたそうにバタバタしてらっしゃいますわ。

「わあああぁ……！　殿下のメロメロ骨抜き照れ顔だぁ！　普段のキリっとしている殿下も格好いいけど、恋愛よわよわのタジタジ殿下も可愛くてイイ、推せる……！」

ユクシーさんは何やら楽しそうですわ。

「シャーロットさん、アウゼス殿下をよろしくお願いします」

ユクシーさんが、ペコリと頭を下げますわ。

分かりますわ。殿下を幼《おさな》馴《な》染《じみ》としてサポートしてあげてということなのですわね。殿下はポンコツだから不安になるのですわね。

そうしているうちに、待ちに待ったお料理が来ますわ。

前菜の、サーモンのカルパッチョですわ。

「やったぁ、私サーモン大好き！」

「ワタクシもですわ！」

「僕もだとも」

「「頂きます」」

こうして、とても楽しいプラチナ昇格試験お疲れ様会の時間が過ぎていきましたわ。


そして翌日の朝、ワタクシは乗合馬車で元の街に帰りましたわ。

「おかえりなさいませッスお嬢様！」

玄関からマリーが飛び出してきてワタクシに抱き着いてきますわ。

「お嬢様、寂しかったッス〜！」

「あらあら。ワタクシもマリーに会いたかったですわ」

ワタクシはマリーの頭を撫《な》でますわ。相変わらず何時間でも撫でたくなる触り心地ですわ……！

「マリー、早速だけどパンケーキを焼いてくださる？　長時間の馬車の旅で、ワタクシお腹《なか》ペコペコですわ」

「了解ッス！」

マリーが元気にキッチンの方へ走っていきますわ。

……こうしてワタクシ、元の生活に戻って来ましたわ。

――そして翌日。

「さぁ、今日はあのお祭りを邪魔したモンスター〝レッドワイバーン〟を食べに行きますわよ！」

プラチナカードを持っているワタクシは、レッドワイバーンさんの棲《す》むという渓谷にも出入り自由になったのですわ！

レッドワイバーンだけではありませんわ。渓谷には、まだ見たことのない美味しいモンスターさんがたくさんいるはずですわ！

早速！　食べに行きますわ～!!

パクパクですわ！

――了――

# 書き下ろしＳＳ　シャーロットの現代日本庶民グルメライフ（回転寿司編）

　ワタクシの名前はシャーロット・ネイビー。

　日本のとある大企業の社長の娘。いわゆるご令嬢だったのですが……。

「私の会社が潰れてしまった」

「なんですってー⁉」

　ある日お父様の会社が倒産。突然一般庶民になってしまいましたわ。

「それでは、それではお父様。屋敷の専属シェフは……」

「当然もう雇えない。それどころか、この屋敷も売却してもっと小さな家に引っ越しだ」

「では、毎週末の三ツ星レストランのディナーも……？」

「それも無理だ」

　ショックですわ～！

「収入は大きく下がるが次の働き先は見つけている。庶民として慎ましく暮らす分には問題ない。これからは、美味しいものを食べたければアルバイトして自分のお金で食べに行くんだ」

　……こうして、ワタクシの庶民グルメライフが始まったのですわ。

　——一ヵ月後。

「これが人生初の自分で稼いだお金……！　金額以上に価値を感じますわ！」

ワタクシ、美味しいモノを食べるためにこの一月《ひとつき》アルバイトをしてお金を稼いでいたのですわ。

「ああ、お父様に連れて行っていただいた高級レストランが恋しいですわ……！」

とてもあの味が恋しいですわ。あの美味しい料理をもう一度食べたいのですわ。

特に今ワタクシが恋しいのは。

「お寿司が食べたいのですわ……！」

ワタクシ、今なんとしても猛烈にお寿司が食べたいのですわ！

ですけれども。

「１回の食費に充てられる予算が１２００円しかありませんわ……」

この予算では、行きつけだったお寿司屋さんでお食事など夢のまた夢。一皿分にも足りませんわ。

……そんなとき、こんな噂を耳にしましたの。

『回転寿司という、１皿１００円の値段でお寿司が食べられるお店がある』

と……！

「１皿１００円だなんて安すぎますわ信じられませんわ！」

きっと何か、裏があるに違いありませんわ！

……と、思って調べてみたのですけれども。

「本当に１皿１００円ですわ～⁉」

高級ネタは１皿２００円３００円だったりしますけれども、基本的に１皿１００円。怪しい席のチャージ料などのシステムは一切ないそうですわ。

「これは早速、どんなお店なのか実地調査するしかないですわ！」

というわけでワタクシ、近所の回転寿司チェーンにやってきましたわ。

カウンター席に案内されると――

「本当にお寿司が回っていますわ!?」

半信半疑だったのですけれども。本当に、お皿がレーンの上をくるくる回ってらっしゃいますわ。

「まるで回遊魚ですわ……」

くるくるくるくる。

「さぁ、早速食べますわよ！　何からいただきましょうかしら」

これまでのお寿司屋さんでは、注文したものを板前さんが握ってくださっていたのですけれども。回転寿司では流れてきたものを取る形式。これは、新しい出会いがありそうですわ。

ワタクシ、流れてくるお皿を片端から取ってしまいますわ！

どのお皿も、数百円とは思えないほど美味ですわ！

『タイ』。いいですわよねタイ！　魚の王様の名にふさわしい上品な味わいですわ。

『タコ』。ワタクシ、タコ大好きですわ！　歯ごたえたっぷりですわ！

『マグロ』。寿司といえばやっぱりこれですわ！　マグロが嫌いな方はいらっしゃいませんわ！

『えび』。お寿司界の名優えび。大人にも子供にも大人気ですわ！

『えびアボカド』。

………………

…………

……

「えびアボカドですって⁉」

ワタクシ、思わず二度見してしまいましたわ。

お皿と一緒に流れている立て札には確かに『えびアボカド』と書かれておりますわ。

「なんでお寿司屋さんにアボカドが流れていますの⁉」

いいえ、落ち着くのですわシャーロット・ネイビー。タコと大葉が合うのですもの。エビの味を引き立たせるために野菜やフルーツを合わせても、何もおかしいことはないのですわ。

エビに添え物が載っているだけ。それだけのことですわ。そして次に流れてきたのは——

『厚切り黒毛和牛握り』

「海産物でさえありませんわ⁉」

なんでお寿司屋さんで牛肉が流れてらっしゃいますの～⁉

ワタクシ、思わず近くにいた店員さんに聞いてしまいましたわ。

「あ、あの。店員さん？　あそこにお寿司に紛れて牛肉が流れてらっしゃいますけれども……？」

「ああ、黒毛和牛握りですね。２００円皿と少し高いですけれども、美味しくて厚切りなので食べ応えもあります。おすすめですよ！」

おすすめメニューだそうですわ。

……とりあえず、お皿を取ってみますわ。

「いただきますわ」

黒毛和牛握りを口に運びますわ。

「美味ですわ……！」

お寿司屋さんがお肉を扱うのは専門外だと思って正直なところ期待していなかったのですけれども、美味しいですわ！

これで２００円というのですから、驚異のコストパフォーマンスですわ！

こうして流れてくるお皿を観察するうちに、ワタクシ回転寿司というものがわかってきましたわ。シャリの上にネタが載っていれば、それがたとえお魚であれお肉であれお寿司。それが、回転寿司の世界なのですわ。

たとえ生ハムでも、シャリの上に載っていればそれはお寿司なのですわ。

『生ハム握り』

等と言っていたら本当に生ハムのお寿司が流れてきましたわ。これまた美味ですわ。しかしもうこの程度で驚くワタクシではありませんわ。何が流れてきてももう驚きませんわ。

「ワタクシ、回転寿司を完全に理解しましたわ！」

『とろける半熟チーズケーキ』

「理解できませんわ～！！」

なんで！　回転寿司に！　チーズケーキが流れていますの!?

「あなた本当にチーズケーキですの？　確かめさせていただきますわ！」

ワタクシ思わずお皿を取ってしまいましたわ。

パクり。

「普通の完成度が高いチーズケーキですわ……！」

流石に高級専門店のチーズケーキには及びませんけれども、１００円とは思えないほど上質なチーズケーキですわ〜！

パクパクですわ！

……そのときワタクシ、閃きましたわ。

「このお値段であれば、デザートを2皿取るという選択肢もあるのでは……⁉」

デザートは1品、というのは和洋中どの世界でも暗黙の了解ですわ。けれども。

2品食べたからといって、誰にも迷惑を掛けませんしマナー違反にもなりませんわ！

というわけで2皿目のデザート〝冷凍マンゴー〟パクパクですわ〜！　ワタクシ、大満足ですわ！

お寿司をお腹いっぱい食べて、お会計も１２１０円（10円予算オーバーしましたけれどもこの程度であれば許容範囲ですわ）。

「回転寿司、素晴らしいお店でしたわ……！」

これまでの高級な食事ができなくなって落ち込んだりもしていましたけれども。お手頃価格で美味しい食事ができるということを知る良いきっかけになりましたわ！

「まだまだ、お手頃価格で美味しいお店を探しに行きますわ！」

パクパクですわ！

# あとがき

初めまして、音速炒飯《おんそくちゃーはん》と申します。この度は本作を手に取って頂きありがとうございます。

本作は小説投稿サイト「小説家になろう」様で連載させて頂いた作品にオファーを頂き、大幅改稿を経て書籍化させて頂いたものになります。

実は本作は『「悪食スキル」と「悪役令嬢」を掛けて「悪食令嬢」』という発想からスタートしております。

そんな本作ですが、大変ありがたいことにコミカライズも開始しております！

コミックという形で作品に新しく命を吹き込んでくださったのは、島知《しまち》宏《ひろし》先生。漫画を描き始めて1年と少しでシリウス新人賞大賞受賞という凄い経歴を持つ方です！　シャーロットや名脇役受付嬢をページから飛び出さんばかりに表情豊かにかわいくイキイキと描いてくださっています！

このあとがきを書いている時点ではコミカライズ単行本第1巻は10月頃発売と聞いております。本作を気に入ってくださった方は是非読んでください！　とっても面白いです！

最後になりますが謝辞を。

キャラクターデザインとイラストを担当してくださった有都《ありと》あらゆる先生。かわいいイラストに仕上げていただき本当にありがとうございます。あらゆる先生の描くデフォルメイラスト大好きです（余談ですが私は有都あらゆる先生のファンアートをきっかけにスマホゲームを1つ始めました）。

新米作家の私にいろいろなことを教えてくださり、何度も展開について相談させて頂いた担当編集者の庄司《しょうじ》智《さとし》様。沢山お手数おかけしたと思います。庄司様に頂いた意見を取り入れたら作品の面白さが魔法のように跳ね上がりました。本当にありがとうございます。

作品の仕上げを手伝ってくださった校正様。タイプミス・誤字・設定ミスが多い私の作品が世に送り出せる形になったのは校正様のおかげです、心より感謝いたします。

そして、本作をご購入頂いた皆様に最大限の感謝を！　作品を通して少しでも楽しい時間をお届けできたならこれ以上ない幸せです！

それでは、２巻でまたお会いできればと思います。

初めまして、有都あらゆると申します！
ライトノベルのお仕事は初めてかつ夢だったので
お声をかけていただき本当に感動しております…！

作品の雰囲気は平和で明るく楽しくがベースで
個人的に大好きな空気感だったのでイラストでも
そういったノリが伝わるように意識しました。
少しでもこの作品の魅力にお力添えができて…
いましたか！？大丈夫ですか！？

食べていくだけでパワーアップできるのは
ゲームっぽくてとても楽しいですよね。
よく自炊をしているのですが何かしら食べる度に
こういったステータス表示が欲しい…といつも
妄想ばかりしております。やはり欲しいスキルは
ダントツでタイムストップ…と見せかけて、
無限アイテムボックスです。日常生活はかどりすぎ！

まだまだ語りたいことはたくさんありすぎますが
キリがないのでこの辺にしておきます。
長くなりましたが、改めましてお呼びいただき
本当にありがとうございました！

Kラノベブックス

# 【パクパクですわ】追放《ついほう》されたお嬢様《じょうさま》の『モンスターを食《た》べるほど強《つよ》くなる』スキルは、1食《しょく》で1レベルアップする前代未聞《ぜんだいみもん》の最強《さいきょう》スキルでした。3日《みっか》で人類最強《じんるいさいきょう》になりましたわ～！

音速炒飯《おんそくちゃーはん》

2023年7月31日第1刷発行

| | |
|---|---|
| 発行者 | 森田浩章 |
| 発行所 | 株式会社 講談社<br>〒112-8001　東京都文京区音羽2-12-21 |
| 電　話 | 出版　(03)5395-3715<br>販売　(03)5395-3608<br>業務　(03)5395-3603 |
| デザイン | 高橋忠彦（KOMEWORKS） |
| 本文データ制作 | 講談社デジタル製作 |
| 印刷所 | 株式会社ＫＰＳプロダクツ |
| 製本所 | 株式会社フォーネット社 |

KODANSHA



ISBN978-4-06-532906-1　N.D.C.913　275p　19cm
定価はカバーに表示してあります



ファンレター、
作品のご感想を
お待ちしています。

あて先
〒112-8001　東京都文京区音羽2-12-21
(株) 講談社　ライトノベル出版部 気付
「音速炒飯先生」係
「有都あらゆる先生」係